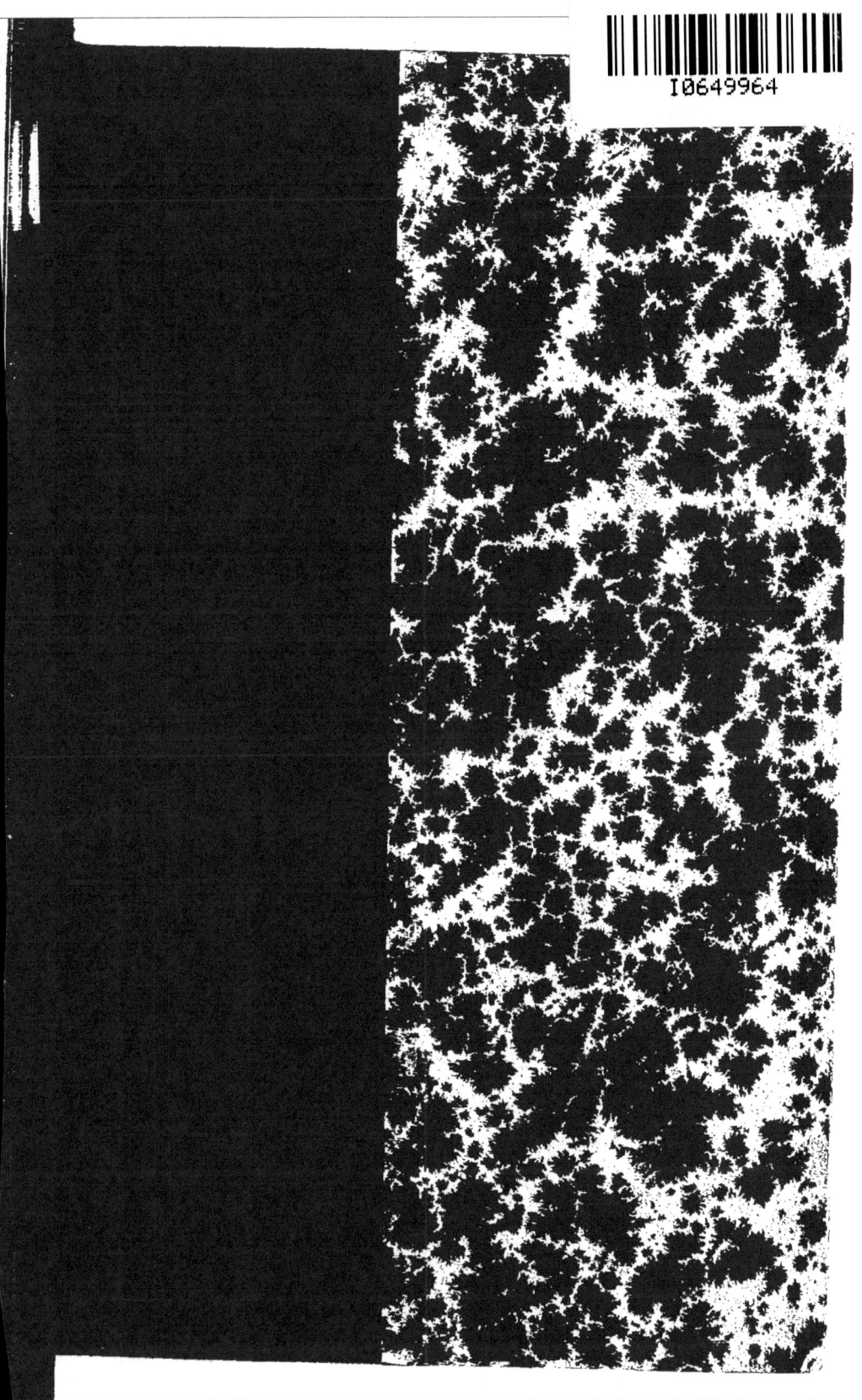

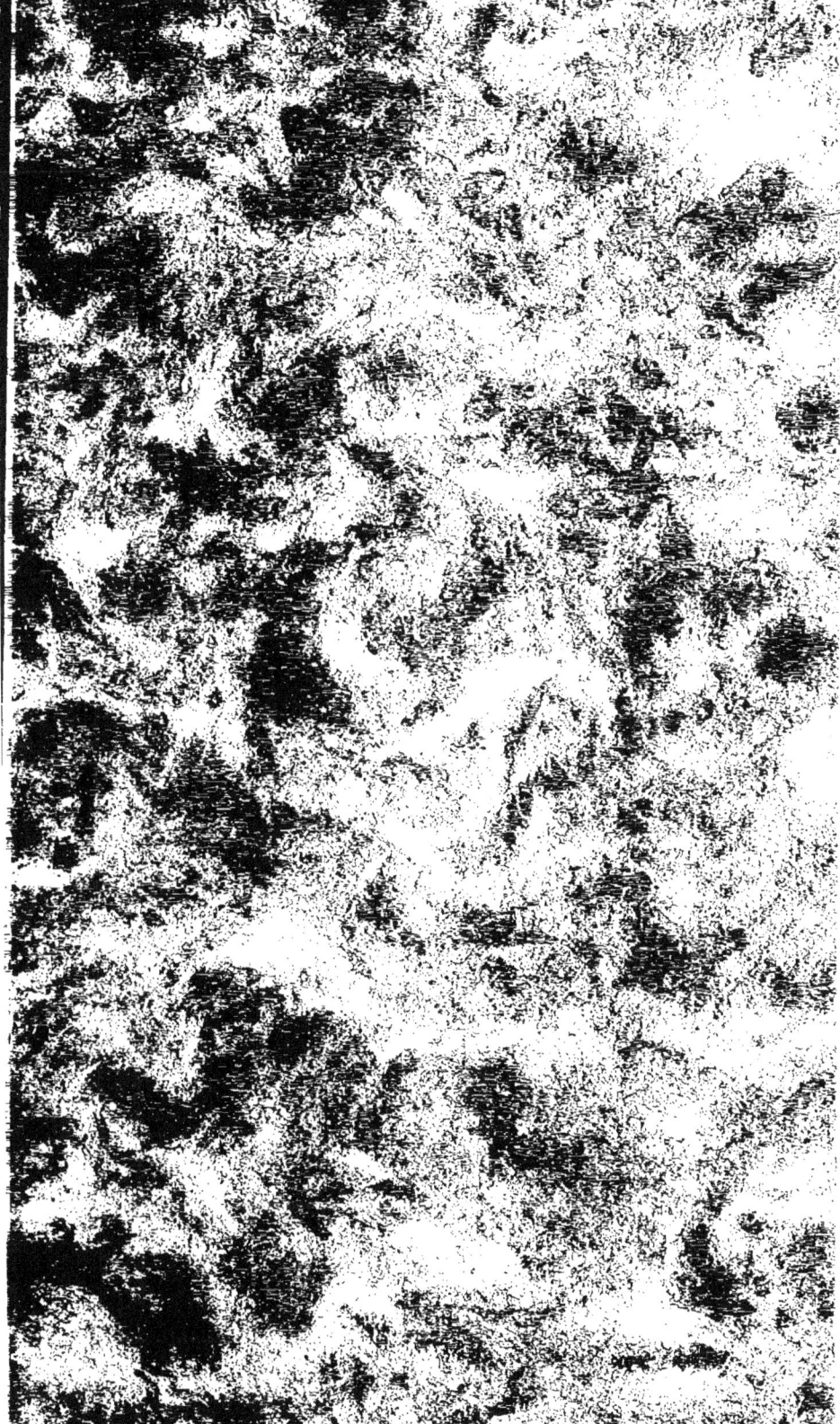

LES FOLIES AMOUREUSES

CATULLE MENDÈS

Les Folies

AMOUREUSES

TROISIÈME ÉDITION

PARIS

ED. ROUVEYRE ET G. BLOND

IMPRIMEURS-ÉDITEURS

98, rue de Richelieu, 98

1883

LA

Petite Servante

Toute petite, chétive, roussâtre, en haillons,
avec de grands yeux doux et bêtes, c'était elle qui
portait au château, l'été, les œufs frais et le lait
de la ferme. Elle disait en entrant dans la cuisine :
« voilà » et se tenait près de la porte, debout,
attendant qu'on lui répondît : « c'est bien, » con-
sidérant la batterie de cuisine dont le cuivre flam-
bait au soleil, tordant ses doigts sur son tablier de
cotonnade, effarée. Le cuisinier, de blanc habillé
et grave, lui apparaissait comme un personnage
étrange, presque imaginaire, et lointain, quoiqu'il
fût là. Elle était la fille d'un homme qui travaillait
à la ferme et d'une femme qui était morte. Peu
de personnes savaient qu'elle s'appelait Germaine ;
comme on la rencontrait souvent paissant des oies,
la gaule à la main, dans les venelles bordées d'é-
piniers, on l'appelait la Gauleuse. Un jour, M. le

curé, son bréviaire sous le bras, était passé à côté d'elle et lui avait donné sur la joue, avec deux doigts, une petite tape, en disant : « hé ! hé ! » Cette tape et ce « hé ! hé ! » c'était à peu près toute son histoire ; elle se la racontait tous les jours, s'y intéressant. Ses oies étaient très méchantes pour elle, l'une surtout, la plus grosse. Elle aurait bien voulu être bergère de moutons, parce que les moutons sont doux et qu'on peut sauter avec eux. Mais elle était trop petite. Plus tard, son rêve se réaliserait peut-être. Elle aurait huit ans, vinssent Pâques-Fleuries.

Une fois, le cuisinier lui dit : « Il y a du monde à dîner. Reste. Tu aideras. » C'était bien autre chose, cela, que la tape de M. le curé ! Elle se sentit toute fière ; elle comprit qu'elle entrait dans la vie, décidément. A l'office, où elle dîna, on lui fit boire du vin ; c'était la première fois qu'elle buvait de « l'eau rouge, » comme elle disait. Elle fit la grimace et replaça le verre ; mais le cuisinier, qui était un homme très gai sous son apparence solennelle, la força de boire deux ou trois fois, pour rire. Elle se grisa. Elle parlait, parlait. Elle racontait sa grande aventure avec M. le curé, et que les oies lui mordaient quelquefois jusqu'à l'os ses pauvres mollets nus. On la fit boire encore. Elle fut très malade ; elle dut se coucher, dans la cuisine, sur deux chaises, laissant pendre ses mai-

gres bras. « Sotte ! » dit le cuisinier. Elle avait
la figure blême et les yeux fixes. Elle souffrait et
geignait, ne comprenant pas. Lucien, le fils de la
baronne, un bambin de dix ans, passa par là, et,
voyant cette petite qui était malade, lui pinça
jusqu'au sang l'un de ses bras rugueux et rouges.
Elle poussa un cri et regarda. Il avait un habit de
velours bleu, et une grande collerette de guipure, sur
laquelle remuaient des boucles de cheveux blonds.
Elle sourit, baissa deux ou trois fois la tête en signe
de consentement, se souvint de ses oies qui étaient
aussi méchantes, mais qui n'étaient pas aussi jolies,
et, relevant jusqu'à l'épaule sa manche guenilleuse,
elle caressa longtemps, avec plaisir, le mal qu'on
lui avait fait.

Plus tard, la baronne s'intéressa à elle. Quand
il eut été décidé qu'on l'emmènerait à Paris pour
en faire une petite femme de chambre, elle fut très
contente, à cause de Lucien, et très triste, à cause
de ses oies. Elle les mena paître, une fois encore,
très longtemps. Elle leur parlait : « Voilà, je vais
à Paris et vous n'y allez pas. » Elle s'assit sur le
bord de la route, parmi les branches épineuses qui
la piquaient, les laissant faire, regardant les labours,
les prairies, les trois peupliers droits et pointus
au milieu de la plaine, et, là-bas, l'horizon. Elle
disait adieu, inconsciemment. Elle alla boire à une
flaque d'eau, derrière la haie. Elle prit sous une

branche un nid de rossignols de muraille, un nid
vide, sec, de l'an passé, et l'emporta, comme un
souvenir. L'une après l'autre, elle caressa les oies,
songea que ce serait très joli, une oie qui aurait
un habit de velours bleu et une collerette de guipure, et baisa sur le cou, tendrement, la plus
grosse de ces bêtes, celle qui était très méchante.

A Paris, elle vécut dans l'embrasure d'une fenêtre, à côté de l'antichambre, marquant des mou-
choirs, rapiéçant des torchons. On lui avait appris
à coudre, mais on ne lui avait pas appris à lire.
Lire, pour les personnes de la condition de Germaine, ce n'est pas salutaire. Lire porte à penser,
et, une fois que l'on pense, on ne raccommode
pas si bien les chemises. Les domestiques l'esti-
maient peu, parce qu'elle était silencieuse, obéis-
sante et dévouée à sa maîtresse. Elle ne sortait
jamais, si ce n'était le dimanche, pour aller à l'église.
Elle se montrait très pieuse, sans comprendre.
Chaque soir elle disait : « Notre père qui êtes aux
cieux... » De Paris, elle ne connaissait guère que
la rue qui était devant la fenêtre ; les passants lui
semblaient des personnages extraordinaires, d'une
espèce dont elle n'était pas ; les voitures, c'était
étrange ; elle admirait les pavés. Pâques-Fleuries
étaient passées deux fois. Elle cousait. Elle avait toujours ses grands yeux bêtes et doux. Jamais âme
n'avait été aussi seule que la sienne. Elle n'était pas

triste pourtant. Elle voyait quelquefois son jeune
maître, si fier, si bien mis. Quand il entrait dans la
chambre où elle travaillait, assise du matin au soir,
elle tremblait de tous ses membres, sans lever la
tête, cousant toujours, précipitant les points, se
piquant les doigts. Un jour, tout à coup, il lui dit :
« Viens jouer. » Elle se dressa, stupéfaite, la
bouche béante, comme devant un miracle. Il avait
ce jour-là une veste de velours noir soutaché d'or.
Ils jouèrent. Lucien était à califourchon sur une
chaise renversée, que Germaine, à titre de cheval, tirait. Il était lourd déjà, elle était encore bien
faible ; elle haletait, extasiée. Pour qu'elle mar-
chât plus vite, il lui donnait des coups de poing
dans le dos. « O mon Dieu ! ô mon Dieu ! »
répétait-elle avec ravissement. Il lui dit : « Il me
faudrait un fouet ; » elle courut à la cuisine et
rapporta un très gros martinet qu'on employait à
épousseter les habits. Lucien s'en servit. Il était
déjà très fort. Il fouettait, elle courait, elle disait :
« Ah ! monsieur ! monsieur ! » et pleurait de joie,
meurtrie. Le soir, à la cuisine, après avoir dîné
avec les domestiques, assise encore à table, elle
ferma les yeux lentement, sourit, et on l'entendit
murmurer : « Comme c'était bon ! » le cuisinier
lui dit : « Gourmande ! »

Un jour, Lucien déroba dans le buffet une bouteille de vin d'Espagne. A cette époque, Lucien

fumait déjà la cigarette dans les coins. On l'interrogea, il répondit : « J'ai vu Germaine emporter une bouteille. » La baronne fit venir la petite servante. « C'est toi qui as volé la bouteille ? » Lucien interrompit : « C'est elle. » Germaine dit : « C'est moi. » La baronne donna un soufflet à Germaine. « C'est bien fait, » dit Lucien. « Oui, dit Germaine, c'est bien fait. »

Le temps passa. Elle était toujours mince et chétive, toute petite. Laide ? oui. Avec des taches de rousseur sur les joues, sur le nez, sur le front. Ses grands yeux, bons et vagues, étaient ceux d'une brebis. Elle avait une robe noire, étroite, qui tombait tout droit de l'épaule à la cheville ; la ceinture seule marquait la taille. Lucien était un jeune homme à présent. Il lui dit un soir : « Maman ne veut pas qu'on me donne la clé de la grande porte. Je suis obligé de sonner, on s'aperçoit que je rentre tard et l'on me gronde. Écoute, ne te couche pas, je frapperai dans mes mains, tu viendras m'ouvrir sans faire de bruit. » C'était l'hiver. Elle restait, jusqu'au matin quelquefois, sans dormir, dans une chambre sans feu, guettant le signal. Puis elle descendait, une petite lampe à la main. Il fallait traverser la cour de l'hôtel. Quelquefois il avait neigé. Pour ne pas faire de bruit, elle ne mettait pas de souliers. Elle marchait pieds nus dans la neige. La bise l'enveloppait. Elle claquait des dents. Elle prit un rhume qui ne la quitta plus. Elle ouvrait la porte, en retirant une grosse barre transversale qui lui glaçait les mains. Lucien disait : « Tu me fais toujours attendre ; je gèle. » Une fois elle répondit : « A l'avenir je me tiendrai dans la cour. » Et elle fit ainsi. L'hiver était très froid.

Il arriva qu'une nuit, Lucien, en rentrant, était gris. Il venait de quelque bal masqué. Il était vraiment fort beau dans son costume vert et rose, un costume de mignon. « Oh! » dit Germaine en élevant la lampe. Ils montèrent ensemble l'escalier de service. Il se heurtait à la muraille, il murmurait ce refrain d'une opérette alors en vogue : « *Un jour, passant par Meudon, une jeune Polonaise...* » et le reste. Elle écoutait, admirant. Il trébucha. En se retenant, il tourna la tête. Il regarda Germaine. Il était gris. C'était une femme. Bah! il la prit par la taille et la baisa brusquement sur les lèvres. Elle frémit tout entière, comme un oiseau qui secoue ses plumes, et tomba évanouie sur les marches, avec la lampe qui se brisa. « Au diable la sotte! » s'écria Lucien qui s'enfuit, craignant que le bruit n'eût donné l'éveil.

Elle ne travailla plus dans l'embrasure de la fenêtre, à côté de l'antichambre. Elle prit l'habitude de s'asseoir dès le matin sur une marche de l'escalier de service, toujours la même, et de coudre là. Les domestiques se moquèrent d'elle; elle laissa dire. Elle était devenue étrange. Quelque chose s'était allumé dans ses yeux doux, moins vagues. A mi-voix, tout en cousant, elle chantait longtemps, longtemps, un air, toujours le même : « *Un jour, passant par Meudon, une jeune Polonaise...* » Elle chantait cela quelquefois très gaîment, très vite, quelquefois très lentement, avec une langueur profonde, détaillant les syllabes, prolongeant les notes. Ce flonflon, alors, était d'une tristesse infinie. « *Une jeune Polonaise me dit : Jeune homme, pardon...* » et, tout à coup, elle fondait en larmes. Elle se trouvait bien heureuse.

Lucien se rangea. Il fut question de le marier. La demoiselle, riche, était jolie. Il en devint amoureux. « Mariez-nous vite, » dit-il. On les maria, Germaine fut attachée au service des nouveaux époux, elle avait demandé cette faveur. Le jour des noces, elle était, dès le matin, dans l'appartement nuptial. Elle allait, venait, courait, mettait les meubles en place, disposait les fleurs dans les jardinières, souriait, disait : « C'est très joli ici, » et n'avait jamais été si contente. Elle portait une petite robe de soie noire que lui avait donnée la mariée. Elle répétait : « Monsieur Lucien... monsieur Lucien... bien heureux... bien heureuse... » Le soir, elle songea qu'à ce moment, à la noce, on dansait, et elle se mit à danser aussi

en, chantant sur un rhythme de valse : « *Un jour
passant par Meudon...* » Vers minuit, elle aida la
mariée à se défaire. La chambre, aux tentures
pâles, à peine éclairée, était mystérieuse et charmante. « Comme vous êtes jolie ! » dit-elle à
l'épousée. Elle activa le feu, aligna soigneusement
les deux oreillers du lit conjugal, baisa furtive-
ment celui qui était le plus près du bord, et dit
à Lucien qui entrait : « Bonne nuit, monsieur
Lucien, » en riant.

Une heure plus tard, elle sortit de la maison.
Elle marchait vite, droit devant elle. Dans les
rues, personne. Il avait plu. Le ciel très bas, très
sombre, avait çà et là de brusques éclaircies plei-
nes d'étoiles ; la lumière des réverbères glissait
sur les pavés humides. Elle allait, le long des
maisons. Elle était fort gaie. Elle chantait en
marchant. Elle marcha pendant plus d'une heure.
Elle entendit un grand bruit doux et uniforme,
celui d'une rivière qui coule. Elle s'engagea sur
le Pont-Neuf. Au milieu elle s'arrêta, regarda
autour d'elle, vit qu'elle était seule, et se mit à
parler tout bas. Ce qu'elle disait, c'était une
prière : « *Notre père qui êtes aux cieux, que votre
nom soit sanctifié...* » Elle s'interrompait quelquefois de la prière pour reprendre la chanson.
Elle monta sur le parapet, « *un jour, passant
bar Meudon....,* » regarda l'eau, retira son

tablier, en arracha le ruban, « *une jeune polonaise..,*»
roula sa robe autour de ses petites jambes maigres, l'assujettit avec le ruban, comme si elle
avait eu peur que d'en bas quelqu'un ne vît ses
jambes, « *me dit : jeune homme, pardon... pardon...*
notre père qui êtes aux cieux.. pardon... pardon...»
et disparut dans l'eau qui, à cet endroit, reflétant
une éclaircie céleste, était toute bleue et pleine
d'étoiles.

Jouer avec la Cendre

Conte d'Automne

I

C'est au printemps qu'on désire, mais c'est en automne qu'on se souvient. Faites-vous du feu déjà ? Non, si vous avez vingt ans. Les jeunes gens s'obstinent à voir des feuilles encore aux arbres dépouillés, et le perpétuel mois de mai qui est en eux supplée au printemps disparu. Quant ils rêvent, — ils ont bien tort de rêver pouvant agir, — c'est à l'ombre des grands marronniers aimés de Chérubin. Plus tard, on trouve qu'il fait froid sous les branches, quand se lèvent les brumes d'octobre. La somnolence est si douce, le soir, au coin du feu, dans l'intimité de la chambre close. Qui tisonne grisonne. Est-ce à dire que madame Valentine de Terneuse ait atteint l'âge redouté qui fait apparaître dans les cheve-lures noires les premiers fils d'argent ? Point du tout. Elle est à ce moment de la vie où l'on est

« encore jeune » ; moment fâcheux, d'ailleurs, et
comparable à celui où le condamné à mort, à qui
l'on vient de faire sa dernière toilette, n'est pas
encore guillotiné. Mais elle est jolie, quoique un
peu grasse, avec des formes abandonnées. Si elle
a refusé ce soir d'aller à la première repré-
sentation de la *Quenouille de Verre;* si, du bout
d'une pincette, elle trace, sans y prendre garde,
des carrés et des ronds dans la cendre du foyer,
ce n'est point qu'elle ait vieilli outre mesure depuis
trente-six ans qu'elle est au monde ; elle s'est sentie
lasse, voilà tout, maussade, nerveuse, comme il
vous plaira. L'automne a de ces jours languissants
qui enfièvrent mollement et endorment. Elle a dit
à son mari : « Vous êtes insupportable ; » elle a
congédié sa femme de chambre, avec plus de douceur, et, résolue à mourir d'ennui, elle s'est laissée tomber dans un fauteuil profond, près de la
cheminée, avec un petit bâillement.

Neuf heures viennent de sonner. La lampe,
qu'elle a oublié de remonter, va s'éteindre. Le
peu de clarté, qui rôde sur les plis des rideaux et
se mire aux incrustations de nacre d'un chiffon-
nier-renaissance, descend d'une veilleuse allumée
dans une sphère de cristal dépoli. Tout est endormi dans la chambre silencieuse, à l'exception de
la pendule de Saxe, qui fait son petit bruit mono-
tone, et de Valentine qui rêve, entortillée d'un

air boudeur dans un long peignoir de soie
écrue où transparaissenr çà et là les blancheurs
rosées d'une batiste plus intime. Élevant la jambe
droite, elle appuie au velours de la cheminée,
entre une coupe d'émail et un vase japonais, la
pointe d'une mule de satin noir, d'où se dégage
un talon nu, tout rose. Parfois elle remue lentement dans le fauteuil profond avec un joli bruit
de soie et de chair froissées, et, bâillant encore,
elle détend hors des étoffes ses deux bras las et
pâles que les manches, en glissant, laissent voir
jusqu'à la naissance grasse de l'épaule. Puis sa
tête se pose de nouveau sur le dossier bas du
fauteuil, parmi les cheveux dénoués, et Valentine
rêve encore.

A son mari? Quelquefois, en passant, comme
une abeille ne s'arrête qu'un instant sur une fleur
qui donne peu de miel. A son amant? Elle n'en
a point et n'en veut point avoir. Ce qui l'occupe
c'est le passé. Il n'y a de charmant que ce qui
n'est plus. Avant de s'appeler Valentine de Terneuse, elle s'appelait Valentine tout court; elle a
été comédienne avant d'être comtesse. C'est une
bien vieille histoire, qui fit du bruit autrefois,
oubliée aujourd'hui. Elle seule y songe par instants. Elle se souvient comme d'un rêve des coulisses noires, des salles éclatantes, des rôles con-
quis par un sourire, des journalistes qui étaient

des imbéciles et de la claque qui avait raison. Elle
n'avait jamais eu beaucoup de talent. Elle était
demeurée honnête ou à peu près, de cette honnêteté relative qui suffit pour établir la bonne
renommée d'une femme de théâtre. Puis M. de
Terneuse était venu et l'avait épousée. Dans tout
cela rien de brillant ni d'excessif, Qu'est-ce donc
qui peut attirer et retenir Valentine parmi les
choses du passé ? Un amour qu'elle a eu. Nous
gardons tous, au fond de notre mémoire, un recoin
triste et cher, sorte de refuge, qui nous accueille
aux heures d'indifférence et d'ennui. Toute âme,
si attristée, si déflorée qu'elle soit, est la vestale,
inconsciente souvent, d'une flamme sacrée qui ne
s'éteindra pas. Donc Valentine a aimé. Il y a
longtemps de cela, bien longtemps, dix ans, douze
ans, vingt ans peut-être. Toute jeune alors et peu
célèbre, elle jouait les ingénues au théâtre des
Batignolles, et les amoureuses dans la vie réelle.
Lui, Aurélien, était employé dans une mairie. Il
gagnait cent francs par mois et faillit être destitué
parce qu'il écrivait des vaudevilles sur le papier
de la municipalité. Aujourd'hui, il est illustre. Il
a eu des succès de théâtre et des succès de boudoir. Pour l'amour de lui, une dame polonaise a
brûlé la cervelle à son mari, dont il était jaloux,
et il a fait de cette aventure une comédie qui lui
ouvrira avant peu les portes de l'Académie française.

Autrefois, il avait pour souci principal de se faire ouvrir, la nuit, la porte de l'hôtel garni qui avait l'honneur de loger sa gloire future, encore insolvable, et n'y réussissait pas toujours.

Mais qu'ils étaient heureux, en ce temps de misère ! Ils s'étaient rencontrés dans une petite crèmerie, à Montmartre. Ils allaient là, le matin. Elle mangeait une flûte dans une tasse de chocolat, et lui, économie notable due à l'amour, ne mangeait pas, tant il était occupé à considérer la grâce avec laquelle Valentine préparait les mouillettes de pain dur ou soufflait, d'un air très-grave, sur le liquide trop chaud. Le soir, claqueur unique, il allait au théâtre des Batignolles applaudir avec rage celle que, Scribe de l'avenir, il considérait comme une Rachel future. Oh! les belles promenades, après les représentations, sur les boulevards extérieurs, dans la boue, sous les étoiles! Comme ils s'aimaient! comme ils étaient jeunes! La pauvreté même, tenace et cruelle, servit à leur amour. Ils avaient souri ensemble, ils pleurèrent ensemble. La chaîne en devenant plus lourde devint plus solide. Le malheur rendit sérieux ces cœurs frivoles. Le caprice se fit passion. Une reconnaissance mutuelle des privations subies en commun les attacha profondément l'un à l'autre. Ils étaient tristes, découragés, malades, et délicieusement satisfaits. Ils furent, lui pour elle, elle

pour lui, ce débris de mât auquel le marin se
cramponne dans le naufrage. Puis l'espoir les sou-
tenait : il ferait un drame pour le Théâtre-Français, elle serait engagée à la Porte-Saint-Martin.
Tout allait au plus mal, tout irait pour le mieux.
Que de joies, d'ailleurs, au milieu des tristesses!
Le dimanche, quand ils étaient riches, ils allaient
au Vésinet. Il y avait alors, au Vésinet, de jeunes
bois touffus, et çà et là des ravins où des chèvres
paissaient. Ils dînaient dans une petite auberge, au
bord d'un champ. Avez-vous remarqué que bien
souvent tous les souvenirs de plusieurs années
de bonheur ou de souffrance se résument en un
seul souvenir heureux ou malheureux? On est
comme un homme qui, après avoir vécu longtemps dans une forêt, ne se rappellerait qu'un
seul arbre, qui serait pour lui la forêt tout entière.
Une petite chambre, au premier étage de l'auberge, — l'auberge existe encore, mais les amoureux n'y viennent plus, — était pour Valentine
le point unique et précis où confluaient tous ses
souvenirs. Pourquoi? qu'avait cette chambre de
si particulièrement charmant? N'avaient-ils été
heureux que là? Elle ne savait, mais elle ne pouvait
penser à Aurélien, — et elle pensait souvent à lui,
— sans penser à cette chambre d'abord. Au tableau
qu'elle évoquait il fallait ce cadre. Elle revoyait
la porte de bois blanc, sans verrou, chose grave !

les murs d'où l'humidité avait détaché de longues bandes de papier peint, aux dessins confus, les deux chaises de paille, les carreaux déteints qui maculaient de rouge le bas de son jupon, et la petite table, et le petit lit aux courtines de calicot rose! Tout cela était bien pauvre et bien laid, mais la campagne verte riait au soleil à travers les vitres éclaircies par les dernières giboulées, et l'amour était en fleur dans leurs jeunes âmes. Dès que la servante était sortie après avoir reçu la commande d'un modeste repas, ils s'embrassaient avec fureur, lui voulant relever la voilette jalouse, elle résistant pour qu'il fût très amoureux. Ah! la belle, la douce, la bonne petite chambre! Comme Valentine voudrait bien y être encore, et comme il y a longtemps de cela, et comme elle est vieille à présent!

Vieille? Non. Elle se soulève sur son fauteuil, un peu, se regarde dans le miroir presque sombre, et sourit. Certainement, s'il la revoyait, il la reconnaîtrait tout de suite. Elle était assez maigre autrefois, elle a engraissé, voilà tout. Un peu d'embonpoint ne messied pas, au contraire. Elle serait curieuse d'entendre ce qu'il dirait en voyant sa jambe, qui est bien mieux maintenant. Mais à quoi va-t-elle songer? il y a tant de longues années qu'ils ne se sont pas rencontrés. Elle vit très retirée. Elle s'ennuie horriblement. Il est bien

heureux, lui, d'être célèbre et de courir partout.
Elle devrait aller au bal, au théâtre ; elle le verrait
quelquefois. Est-il toujours beau ? Elle jurerait
que oui. «Allons, dit-elle, ne pensons plus à cela.
M. de Terneuse est excellent. Voyez un peu s'il
ne faut pas que j'aie perdu la tête pour songer,
moi, vieille femme, à mes amours de petite fille.
Le revoir ! quelle extravagance ! Et puis, d'ailleurs,
c'est impossible». Là-dessus, madame de Terneuse sourit encore et continue à songer. «Impossible, non. Il n'y a rien d'impossible, d'abord.
La vérité, c'est que je ne veux pas. Car il ne serait
pas difficile de le retrouver. Il doit être à toutes
les premières représentations. Quoi de plus simple que de le suivre ou de le faire suivre à la sortie ? Mais je ne veux pas, par ce que je suis très attachée à M. de Terneuse ; et je ne voudrai jamais.
Quand on s'ennuie, on pense à mille choses. Je
suis une honnête femme, et je vais me coucher,
bien tranquillement, comme à l'ordinaire. Je parie-
rais qu'il est aux Bouffes, ce soir. Cela me ferait
un singulier effet de le revoir. Il est sans doute
avec une femme. C'est cette lampe qui s'est éteinte
qui est cause de tout. Il y a des revenants la nuit.
Rosette, Rosette, de la lumière, vite ! J'ai joliment bien fait de ne pas aller aux Bouffes. »

Là-dessus, madame de Terneuse, tendant le
bras, sonne de toutes ses forces ; Rosette appa-

raît une lampe à la main, et la première chose
que Valentine aperçoit, c'est, dans la coupe d'é-
mail, le coupon de la loge pour la première repré-
sentation de la *Quenouille de Verre*.

— Ah! ma foi, tant pis! Rosette, habille-moi!
Dis qu'on attelle! Ma robe mauve, je vais au
théâtre.

Un quart d'heure plus tard, madame de Terneuse était blottie au fond de son coupé, étonnée,
effarée, heureuse, se pelotonnant de crainte dans
sa robe et dans ses bras nus, et, toute troublée
par son propre parfum, les yeux mi-clos, elle
revoyait, là-bas, dans une chambre d'auberge, un
petit lit aux courtines de calicot rose.

II

Ils s'étaient retrouvés. Il était toujours beau. Elle
était encore jeune. Elle l'avait fait suivre après le
théâtre. Elle lui avait écrit : « Si vous reconnais-
sez mon écriture, venez dimanche là-bas, où l'on
s'aimait. » S'il avait reconnu l'écriture ! Il l'eût
reconnue entre mille. Lui aussi, il se rappelait la
petite chambre au premier étage de l'auberge, la
chambre au papier déteint, aux carreaux rouges;
il devina que c'était là qu'elle l'attendrait. Rien

n'avait changé dans ce nid de leurs amours. Seulement la servante était devenue très vieille. Avec quel bon appétit, — l'appétit de leur jeunesse — ils mangèrent le pain bis et burent le vin bleu. « Comme tu es belle ! » lui disait-il, et il ajouta : « Tiens, on a mis un verrou. » Elle rougit et sourit. Tout ce qu'ils avaient fait autrefois, ils le refirent. Ils recommençaient leur vie. Ils auraient voulu être pauvres pour souffrir comme ils avaient souffert. Ils firent semblant de l'être. Ils allèrent dans la petite crèmerie, à Montmartre. Elle trempa sa flûte dans la tasse de chocolat, et lui ne mangea point, par économie et par amour. Elle lui disait : « Est-ce que tu liras bientôt ton drame au comité du Théâtre-Français ? » Il lui répondait : « On m'a promis de te faire débuter à la Porte Saint-Martin, dans la grande pièce de Ferdinand Dugué. » Ferdinand Dugué était un auteur dramatique, mort depuis longtemps, mais qui ressuscitait pour eux en même temps que leur amour. Le soir, ils allaient au théâtre des Batignolles. Aurélien applaudissait avec rage une Valentine imaginaire, tandis que la vraie Valentine, celle d'autrefois, celle d'aujourd'hui, celle de toujours, se serrait contre lui dans la baignoire. En sortant elle ne voulait pas prendre de voiture. Elle marchait dans la boue, sous les étoiles ; elle lui demandait : « Tu n'as pas payé ton terme, est-ce que tu crois qu'on nous donnera la clé? » Ils revivaient. Jamais ils n'avaient été si tendres, si heureux. Que la vie était belle! qu'ils avaient bien fait de se chercher! et désormais leur lien serait indissoluble, et la mort elle-même n'oserait pas les séparer. Un soir que Valentine, tout habillée, et assise devant son feu, attendait, pour aller rejoindre son amant, un fiacre qu'elle avait envoyé chercher, Rosette entra et lui remit une lettre d'Aurélien. Elle trembla de joie à la vue de l'écriture. Ah! leur amour, leur jeunesse, ils avaient tout retrouvé, intact et délicieux. Voici ce qu'écrivait Aurélien:

« Tu mens et je mens. Nous souffrons à en mourir. Ne viens pas ce soir, ne viens pas demain, ne viens jamais plus. Si tu as quelque pitié pour moi et quelque pitié pour toi, retourne-t'en dans le passé et restes-y ensevelie. Tu es belle, c'est vrai; je suis jeune, c'est vrai; nous ne nous aimons pas. Nous sommes des morts qui parodient leur existence ancienne. En buvant, l'autre jour, au Vésinet, le vin de l'auberge, le sourire que j'ai essayé avait commencé par une grimace invisible. Tu avais froid aux pieds, l'autre nuit, pendant que tu te promenais à mon bras sur le boulevard extérieur; tu me disais: « Comme le ciel est beau! » mais tu pensais — ne me dis pas non, j'ai entendu la voix qui parlait en toi — tu pen-

sais : « Il va pleuvoir », et tu songeais à ton lit,
à ton lit, pas au mien! Va-t-en, te dis-je, nous en
viendrions à nous haïr. Tu me trouves bête au
moment même où tu t'écries : « Comme il a de
l'esprit! » Hier je t'expliquais combien tu as raison de ne pas mettre de parfums à tes cheveux ni
à ta peau et en même temps je regrettais le pat-
chouli de ma dernière maîtresse. Finissons cette
comédie absurde! Nous ne sommes plus; n'es-
sayons pas de nous galvaniser ; le peu de tendresse
réelle qui persiste dans nos cœurs, est comme ce
reste de sève vitale qui fait pousser la barbe et les
cheveux des cadavres. Ah! Valentine, rien ne se
recommence. Pour l'homme, tout ce qui a eu lieu
est fini. On n'a qu'un amour et qu'un printemps,
qui ne reviennent jamais. Il n'y a que les lilas qui
refleurissent tous les ans. Et, sache-le, en cherchant à me revoir, en t'efforçant de ranimer en
nous les joies éteintes, tu n'as pas fait seulement
une chose inutile et capable de nous faire souffrir
dans le présent: notre malheur actuel a un effet
rétroactif, et nous avons tué le passé. Voilà ce qui
est vraiment horrible, et irrémédiable, hélas! Il
y a un mois encore, quand j'étais triste, je songeais à toi. Le souvenir de notre amour était mon
refuge contre les tracasseries , contre l'ennui,
contre le dégoût. Toi que je n'aimais plus, mais
que j'avais aimée, tu me consolais. Quand tu

souffrais, je te consolais aussi, n'est-ce pas ? Nous avions sans cesse en nous quelque chose de pur et de clair qui suffisait à nous rasséréner, et le passé rayonnait sur l'avenir. A notre âge on n'a plus d'illusions: ce sont les souvenirs qui en tiennent lieu. L'éloignement donne à la réalité ancienne assez de charmes pour qu'elle ressemble à l'idéal. Jeunes, les rêves nous précèdent; vieux, ils nous suivent. Eh bien! nous avons assassiné notre rêve, qui était notre seule ressource contre les amertumes de chaque jour. Nous avons voulu savoir ce qu'il y avait dedans. Maintenant le petit chien peut la traîner aux ordures; l'enfant ne veut plus de sa poupée brisée. Comme je me souvenais avec douceur de nos dîners amoureux, le dimanche, au Vésinet! toi seule aurais dû entrer dans la petite chambre de l'auberge où je t'avais tant aimée. Une autre femme y est entrée, cette femme c'est toi, mais ce n'est pas toi. Je t'ai trahie en essayant de t'aimer encore. On a beau avoir l'air de ne pas changer, on se modifie à chaque heure, à chaque minute. On devient peut-être meilleur que l'on n'était, mais on devient différent. Si je ne t'avais pas aimée autrefois, je t'aimerais peut-être aujourd'hui cent fois plus qu'autrefois. Mais je t'ai adorée telle que tu étais, et tu n'es plus celle que j'adorais. Tu as engraissé, cela te va bien, je t'aimais maigre. Tu as lu, tu es devenue savante,

j'aimais tes lettres sans orthographe. Tu es spirituelle, je t'aimais bête. Et maintenant, c'en est
fait, nous ne pouvons plus demander au passé les
consolations qu'il nous prodiguait. Quelque chose
a rompu le charme qui nous liait aux jours éva-
nouis. Entre toi et moi, quelqu'un s'est inter-
posé, et, chose horrible, ce quelqu'un c'est toi.
Quand je songerai à la petite crèmerie de Montmartre, ce n'est pas toi que j'y verrai assise à côté
de moi, ce sera une autre femme moins aimée et
n'aimant pas, et, raffinement de désespoir, cette
autre femme, ce sera toi-même! Pour te revoir, il
faudra que je te chasse. Nous sommes bien malheureux! car, ce que je sens, tu l'éprouves. Toi
aussi tu souffres de notre illusion perdue, de notre
idéal avili. Et sais-tu ce qui résultera de ceci?
Sais-tu que, peut-être, nous n'avons pas seulement éteint en nous le souvenir adoré de notre
premier amour, mais que nous avons tué aussi la
puissance même d'aimer! Ton souvenir pour moi,
c'est tout mon cœur. C'est en lui que je puisais
la faculté d'être heureux, de sourire et de vivre.
Je n'avais pas un bonheur qui ne fût une rémi-
niscence. Je ne me croyais pas mort, me souve-
nant d'avoir vécu. Quand une femme me disait:
«Je t'aime!» j'étais heureux, parce qu'elle me
rappelait que tu m'avais aimé, et c'est parce que
je t'avais aimée, que je me sentais la force de

l'aimer! Ah! qui donc, à présent, me persuadera
que j'existe, quand ce qui me faisait exister n'est
plus! Est-il temps encore de rendre au passé le
charme qu'il a perdu? Pourrons-nous répudier la
mémoire des quelques jours affreux et coupables
qui viennent de s'écouler, et l'empêcher d'assom-
brir à jamais les joies ineffables de notre jeunesse?
Tentons-le. Tout vaudra mieux, d'ailleurs, que
l'épouvantable comédie que nous jouons. Adieu,
pour toujours! Fuis-moi, je te fuirai, et tâchons
d'oublier, afin de nous souvenir! »

Valentine laissa tomber la lettre; elle resta longtemps, comme sans pensée; seulement, du bout
de la pincette, elle tourmentait dans la cheminée
le feu qui allait mourir. Sous une arche de cen-
dres, il y avait un tison qui brûlait encore. La
cendre tomba, et le tison s'éteignit.

— Ah! dit-elle, il a raison; en jouant avec
la cendre, nous avons éteint le peu de feu qui
restait.

Spectre d'un Portrait

Par la plus humide après-midi d'un pluvieux novembre, je marchais dans la boue d'une petite rue sordide qu'habitaient en grand nombre des marchands d'objets d'art anciens. Le matin même, Ingomar, peintre hongrois, m'avait fait présent d'une ébauche longtemps désirée; j'étais sorti, malgré le brouillard, dans le but d'acheter un cadre concordant aux dimensions de la toile, et j'allais d'étalage en étalage. En dépit de mon pardessus bien boutonné, le vent mouillé courait sur ma peau comme une sueur froide; il me semblait qu'il pleuvait dans ma tête à travers mon chapeau. C'était une de ces journées où l'on a l'hiver dans le corps, comme on dit. Je me hâtai d'acheter, sans trop le regarder, un petit cadre ovale encore muni d'une vitre poussiéreuse; quant au pastel que cette vitre abrita, le marchand l'avait, me dit-

il, vendu quelques jours auparavant. Puis, mon
emplette sous le bras, le collet de mon pardessus
relevé jusqu'aux oreilles, je me pris à courir vers
ma maison, frôlant les piétons, frôlé des roues,
éclaboussant, éclaboussé, et singulièrement maussade.

Rentré enfin, je plaçai le cadre contre un des
pieds de mon piano et m'enfonçai dans un fauteuil, qui, plus heureux que moi, n'avait pas
quitté le coin du feu.

Devant la flamme bienfaisante, une vapeur
s'éleva de mes habits collés à mes membres par
l'humidité; j'avais l'air d'un parapluie qui sèche;
et bientôt les pieds sur les chenets, les mains
croisées derrière mon cou, je sentis mes nerfs se
détendre dans une dilatation béate.

Il était, je pense, cinq heures. Le soir venait,
ce soir triste de Paris, qui prend la couleur des
murailles le long desquelles il monte. Tout
s'éteignait peu à peu dans ma chambre, à l'exception du cadre; mes regards se concentrèrent
sur cette chose qui luisait encore.

J'avais eu la main heureuse. Quoique d'un
dessin assez vulgaire, la boiserie dorée ne manquait pas de quelque agrément. Une guirlande
de colombes aux becs amoureux courait à travers des branches circulaires, où s'épanouissait
çà et là une fleur de sainte Gudule. Le fini de

l'exécution permettait d'attribuer cette sculpture
à quelque habile artisan du dix-huitième siècle,
en même temps que la profusion des ornements
chers à madame de Pompadour, précisait plus
particulièrement l'époque où mon cadre avait
dû être destiné à faire ressortir le teint de perle
rose de quelque jeune marquise. Car le front
d'une aïeule, ou le profil d'un capitaine se serait
mal accommodé d'un voisinage de colombes ou
de fleurs languissantes. Qu'il avait dû être joli,
l'original du portrait inconnu ! Laide, on ne se
fait pas peindre. Puis je crois volontiers à la
beauté de celles qui vécurent jadis. C'est de charmants visages que mon rêve s'obstine à peupler
les siècles passés ou les pays inconnus. De loin,
je vois en beau. J'en arrivai à me demander
sérieusement quels avaient été l'âge, le rang, le
nom de celle qui avait permis à son image de
sourire entre les ors touffus de la boiserie.
« Vingt ans, pensai-je, elle avait vingt ans. Plus
jeune, elle eût été moins jolie; plus âgée, elle aurait trop cru à sa beauté. A vingt ans, la grâce se
complète d'un peu de candeur encore. Noble, elle
l'était, je le jurerais. Son nom? ah! le joli nom
qu'elle avait! Mais il ne faut pas le dire. Un
mari? oui, oui, sans doute, on a toujours un
mari. Un amant? fi donc, — deux. Je dois même
avouer que l'on tenait sur son compte plus d'un

2.

propos assez vif. Pure calomnie, je le sais bien. Cependant, on affirmait qu'un jour, tenez, justement le jour où S. M. Louis XV faillit découvrir que madame de Pompadour..... »

Mais, au moment où j'allais raconter à un auditeur imaginaire une histoire de haut goût dont, à vrai dire, je ne savais pas le premier mot, il se passa quelque chose qui me fit pousser un cri et bondir sur mon fauteuil. Est-ce que je m'étais endormi? Pas du tout. Eh bien! j'avais vu, certainement, j'avais *vu*, et je *voyais* encore, à travers la pénombre de la chambre, jeune visage, au teint de perle rose, un sourire derrière la vitre poussiéreuse [du cadre. Il s'agissait de ne pas devenir fou. Cloué à mon fauteuil par un étonnement assez voisin de l'épouvante, je pris ma tête dans mes mains et je raisonnai ainsi : « Je ne dors *pas*. Je suis *sûr* qu'il n'y avait pas de portrait derrière la vitre. *Personne* n'est entré ici depuis que j'y suis. D'ailleurs, il n'y a pas assez de place entre le cadre et le piano pour le passage d'un vivant. Donc j'ai mal regardé, ou bien j'ai aperçu dans la vitre le reflet d'un tableau accroché au mur. » Là-dessus, je dégageai ma tête, rassuré. J'allais, cette fois, ou ne rien voir ou me rendre un compte exact de ce que je verrais.

Je *revis*, comme dans un lointain pâli, la tête

et le sein nu d'une jeune femme aux cheveux
poudrés, qui se tenait immobile derrière la vitre.
Impossible de croire à une illusion momentanée,
due à la faiblesse de mes sens énervés par l'automne, car la vision persistait; *impossible* de l'attribuer au reflet d'un tableau dans le verre, car
je savais bien qu'il n'y avait autour de moi ni
toile ni gravure, ayant le moindre rapport avec
l'image qui me hantait.

Oh! oh! qu'était-ce que ceci? La vision délicieusement vague, me regardait en souriant. Je
voyais les langueurs du pâle azur de ses yeux, sa
joue décolorée, sa lèvre à peine rose. J'avais peur,
mais ma peur était mêlée de délices, tant l'apparition était charmante. Ce n'était pas seulement
l'effroi qui me retenait dans mon fauteuil, c'était
le désir de ne pas effaroucher par un geste l'étrange
visiteuse. Que voulait-elle? Me prouver, la coquette défunte, que je ne m'étais pas trompé en
la supposant belle et jolie? ou me reprocher
d'avoir tenu sur elle des propos hasardeux? Elle
allait parler sans doute... mais non, le doux fantôme me regardait avec un sourire immuable. Je
compris alors : ce que je voyais ne vivait pas,
non, pas même de la vie posthume. Ce n'était pas
une femme, c'était une peinture, — moins qu'une
peinture même, et, après avoir longtemps considéré, dans le mystère du soir qui allait s'épais-

sissant, les teintes fanées et les lignes indécises de l'image, il me vint dans l'esprit que j'avais devant les yeux le spectre d'un portrait.

Cet assemblage de mots, qui ne paraîtra sans aucun doute qu'obscur et bizarre, était si absolument concordant à mon impression, que j'éprouvai, après le travail mental dont il fut le résultat, un soulagement analogue à celui dont s'accompagne dans l'esprit d'un mathématicien, la solution d'un problème. Exprimer, cela délivre. De là l'affaissement bienheureux qui suit l'enfantement poétique.

Cependant, le soir accumulait ses ombres dans ma chambre. Seul, devant mon feu éteint, dans mon fauteuil d'où je n'osais bouger, je contemplais avec avidité l'apparition lentement blémie par l'envahissement des ténèbres. Elle se faisait peu à peu plus étrangement vague. D'abord s'éteignit le rose mourant des lèvres, puis le bleuissement du regard, puis le fard pâle des joues. J'assistais à une métamorphose sinistre, analogue à celle qui s'opère dans les cercueils. Ce qui avait paru une tête à peu près vivante prit l'air d'un crâne sans chair ni peau. Plus d'yeux, des trous. Le sein s'était effacé. Bientôt il ne demeura derrière la vitre qu'un contour terne et dépouillé; après avoir vu un fantôme, encore voisin de l'existence, je voyais un squelette. N'étant plus mitigée par la séduction des couleurs, ma terreur devint intense. Et, tout à coup, les dernières lueurs du jour s'éteignirent ; un nuage passait sans doute entre le couchant et ma fenêtre. Il n'y avait plus rien autour de moi que l'invisible. L'ombre, en me dérobant la cause de mon effroi, aurait dû le calmer. Oh ! elle ne le calma point ! je ne voyais plus, mais je sentais ! J'éprouvais clairement que la surnaturelle image n'avait point cessé d'être là, près de moi. Cette cohabitation était lugubre. Certainement le fantôme allait profiter de l'obscurité pour se rapprocher, pour me frôler. Et, pendant que j'entendais craquer le bois de mon fauteuil sous la pression terrifiée de mes deux mains, j'étais obsédé de l'idée que j'entendrais bientôt un bruit plus formidable, celui de la vitre volant en éclats et livrant passage au spectre du portrait !

La porte s'ouvrit brusquement, et une voix joyeuse cria : « Êtes-vous là ? » C'était la voix du peintre Ingomar. Il alluma une bougie, jeta une bûche au feu, s'assit près de moi, et me dit : « Qu'avez-vous donc ? Vous êtes tout pâle. »

Tremblant encore, et n'osant point tourner les yeux du côté du cadre, je racontai l'hallucination qui m'avait obsédé.

Le peintre se leva, prit la bougie, en fit tomber la lumière sur la vitre du cadre et poussa un grand éclat de rire.

— Qu'y avait-il derrière ce verre ? me demanda-t-il.

— Un portrait, m'a-t-on dit.

— A l'huile ?

— Non. Au pastel.

— Eh bien, tout s'explique. Un pastel ressemble à ces papillons qui teignent d'un peu de poudre blanche ou jaune les objets sur lesquels ils se posent; le portrait, trop bien appliqué au verre, lui a laissé son image affaiblie, mais exacte, qui, considérée dans un jour favorable, a pu vous paraître le portrait lui-même. Tenez, regardez.

Il y avait en effet derrière la vitre une légère poussière de couleurs qui figurait le visage et le sein nu d'une jeune femme.

— Eh bien, êtes-vous rassuré ?

— Sans doute, répondis-je.

— Et convaincu ?

— Oh! absolument.

— Alors rien n'empêche que je place mon esquisse dans ce cadre que vous avez sans doute acheté pour elle?

Et le peintre se disposait à épousseter de son mouchoir la vitre où transparaissait l'image, mais j'arrêtai sa main.

— Mon ami, lui dis-je un peu honteux, j'achèterai un autre cadre. Laissons en paix les morts.

Roses Jaunes

Ils en étaient à ce moment dangereux des liai-
sons amoureuses où, pour croire encore à son
bonheur, il est nécessaire que d'autres vous en
parlent. Être deux ne suffit plus ; il faut entendre
quelqu'un dire : « Ils sont deux. » C'est alors
que les cœurs bons ont besoin d'un ami ; les
autres, d'un envieux. Un des premiers symptômes
de la satiété, c'est qu'on se regarde plus souvent
dans la glace ; pourquoi ? parce qu'on veut un
témoin ; sa propre image, c'est presque une troisième présence. Le duo aspire à devenir trio.
Quelquefois il dégénère en quatuor, dans la musi-
que italienne et dans les amours faciles.

Clémentine et Robert ne s'ennuyaient point,
certes. S'ennuyer, était-ce possible ? Il avait vingt
ans, elle, trente. Et le livre était bien séduisant,
bien qu'il n'en eût point coupé les pages. Ce qu'elle

avait d'irrésistible, c'était la pudeur, La chasteté,
cette niaiserie, — niaiserie sublime, hélas! — est
donnée à tout être jeune et ignorant; mais la
pudeur s'acquiert. Une petite fille qui relève sa
jupe plus haut que son ventre est d'une chasteté
suprême; la pudeur, cette rusée, montre à peine
le bout de sa bottine. Elle est une science, un art.
Elle est l'obstacle opportun. Elle est la négation
qui consentira. Elle sait ce qu'il faut livrer, et
comment, et jusqu'où. Elle est la réticence de
la passion. C'est vers trente ans que les femmes
commencent à avoir de la pudeur. Les vierges
sont augustes.

Il est donc bien certain que Robert n'avait
aucune raison pour s'ennuyer. Ajoutez aux grâces
perverses de sa maîtresse les arbustes tout fleuris,
car c'était au printemps, le bruissement, sous les
saules mouillés, de la petite rivière qui taquine le
bord, le moulin à eau qui fait un grand bruit bête;
et surtout la chère maison solitaire, blanche, au
toit d'ardoises, dont la girouette, la nuit, grince
pour qu'on ne dorme point; la salle à manger,
frugale, car on aime à se nourrir de crèmes et
d'herbages après d'autres mets plus sérieux; le
boudoir japonais aux nattes de bambou recouvertes
de peaux d'ours sombres, aux murs décorés de
paysages, et, devant la fenêtre du boudoir, la
longue terrasse qui surplombe la plaine et sur

laquelle fleurissent, par touffes éparses, pareilles à des sourires d'or, des milliers de roses jaunes, ces roses moins pures, mais plus douces, comme si elles avaient trente ans aussi; ajoutez les cent cachettes derrière les mélèzes, sous les buissons évasés, dans le ravin où bougonne un ruisseau heurté, et dans les grottes, car il y avait des grottes, qu'on avait fait faire par un jardinier-ornementiste de Paris, — et vous vous étonnerez que Robert, trois mois s'étant à peine écoulés dans cette enviable solitude, eût déjà écrit à son ami Laurian de venir sur les bords de l'Adour voir fleurir les pommiers sauvages.

Ce qu'il y a d'extraordinaire, c'est que Laurian vint en effet. Nous n'affirmerons pas que ce fût uniquement pour voir blanchir les petites fleurs dont lui avait parlé son ami; mais quoi! l'hiver avait été très long, les nuits avaient été plus lentes que joyeuses, et le plus endurci des Parisiens sent naître, lorsque Avril traverse, dans la boue, sur la pointe des pieds, nos rues et nos boulevards, des illusions heureuses au sujet du printemps méridional. Se retremper dans la fraîcheur niaise de la province, cela ne manque point de quelque dandysme, et Laurian prit l'express vers son ami Robert.

Quand il arriva, ce fut une grande joie. Vous concevez: des gens qui depuis trois mois n'ont guère vu, outre leurs domestiques, que le cantonnier de la voie ferrée déployant son drapeau rouge ! Puis Robert et Laurian étaient de vieux amis ; enfants, ils avaient joué aux billes dans le même collége ; jeunes hommes, ils s'étaient battus ensemble pour une femme qu'ils aimaient tous deux, et, après le duel, pendant que l'un soignait l'autre, blessé, ils échangèrent en souriant leurs souvenirs. Robert surtout, enfant comme un agneau, adorait son camarade. Ce n'était point seulement pour interrompre la monotonie d'un doux et long tête-à-tête qu'il avait écrit à Laurian, ni pour lui faire admirer celle qui était si belle, si bonne, si aimante ; l'honnête garçon avait besoin, pour être complètement heureux, de la présence de son ami ; et, après le baiser de Clémentine, il lui fallait la poignée de main de Laurian.

Laurian fut éblouissant. Tout Paris, les Premières avec leurs loges où rayonnent des cheveux trop blonds, avec leurs baignoires où s'atténuent les scandales, avec leurs fauteuils d'orchestre, dont Banville a célébré les chevelures ; les dernières courses d'Auteuil, où mademoiselle Pervenche est arrivée première d'une hauteur de chapeau ; les boulevards qui s'ennuient et remuent, les Italiens qui vont fermer et le Salon qui va ouvrir, — il apportait tout avec lui, savait tout, disait tout, et ce fut comme un feu d'artifice dans la brume de leur province d'amour.

Mais, au fond, Robert n'était pas content. Était-ce que, ce jour-là, Clémentine fut moins jolie? On veut que sa maîtresse soit charmante le jour où arrive un ami. Elle était adorable comme toujours, et, ce jour-là, mieux peut-être. Épars et presque courts, tant ils étaient touffus et ramenés sur eux-mêmes par la solidité des boucles, ses cheveux s'effilaient en rayons sur ses yeux bruns comme ceux de la Cassandre, vers son nez aux narines presque grasses, et jusqu'à sa bouche coupable, aux coins trop plissés, mais si rose! La robe était un miracle. Blanche? sans doute, mais les nuées sont d'une blancheur particulière que ne réussissent pas à donner aux mousselines les plus habiles lavandières; et c'était de cette blancheur idéale qu'était teinte l'étoffe transparente, un peu roide, car les angles droits ont des effets heureux, dont s'était habillée, pour sourire à Laurian, la bonne amie de Robert. — Une couturière vous dirait tout simplement que Clémentine portait une robe d'organdi, étoffe simple, mais, dans ses effets, bizarre. — D'ailleurs, les épaules grasses et les beaux bras charnus transparaissaient, vaguement roses, à travers le treillis de l'étoffe, et ses bras, quelquefois, elle les levait, en bâillant, avec un sourire. De sorte que Robert était de moins en moins content. Clémentine, ce lui semblait, aurait pu choisir, pour l'arrivée de Laurian, une robe moins transparente. Elle riait trop, montrait trop souvent ses dents, si blanches et si chéries, et aurait bien pu, loin d'élever ses bras dans des bâillements enfantins, tenir ses mains croisées sur ses genoux, comme il sied en bonne compagnie.

Ils se mirent au piano. Qui donc ? Clémentine et Robert ? point du tout : Laurian et Clémentine. De lui, l'heureux, l'aimé, le maître, on ne s'inquiétait guère, et il restait dans son coin, écoutant des romances, y prenant peu de plaisir, contrarié. Clémentine lui avait dit à l'oreille :

— Il est charmant, ton ami !

Laurian lui avait dit :

— Ta maîtresse est adorable !

Mais cela ne lui suffisait pas. L'intimité à trois qu'il avait rêvée n'était pas précisément celle qu'il voyait s'ébaucher. Il eût préféré, — il était injuste, certainement, — qu'ils s'occupassent un peu plus de lui, et un peu moins d'eux. Il lui semblait qu'ils avaient eu, tout d'abord, l'un avec l'autre trop de familiarité, trop *d'entendu* dans l'échange des sourires ; et enfin il ne savait pas ce qu'il faisait, dans son coin, sur sa chaise, pendant qu'eux, là-bas, lui et elle, ils étaient au piano, et pourquoi, je vous le demande ? pour chanter une romance, insipide, inepte, grotesque, et qu'il avait cent fois chantée avec elle, et beaucoup mieux, car Laurian avait une voix horriblement fausse.

— Oh! le jaloux! dit Laurian en éclatant de rire.

Il faut avouer que Robert faisait une mine piteuse. Il ébaucha le plus gracieux sourire, ce qui lui donna un air si extraordinairement bête, que Clémentine, en se retournant, éclata de rire aussi.

— Il est comme cela, dit-elle, il ne faut pas s'occuper de lui. Vous verrez qu'il va se donner le ridicule de n'être pas content parce que nous rions. Fi! l'enfant; que c'est vilain! Voulez-vous être gentil? On vous pardonnera après. Allez me cueillir un gros bouquet de roses.

Que fit Robert? Il alla cueillir les roses. Vous pensez bien que, sérieusement, il était à cent lieues de suspecter le moins du monde la fidélité de sa maîtresse ou la loyauté de son ami. Il n'était pas un sot. Il devinait bien que leur familiarité n'était qu'un jeu imaginé pour surexciter sa jalousie. Ils plaisantaient, et, pour rien au monde, il n'eût voulu paraître moins spirituel qu'eux. « Bien? bien! Ils ne m'y prennent pas. Rira bien qui rira le dernier. Je suis très malin. Ce soir, à dîner, je leur prouverai que je n'ai pas été leur

dupe. » Et il alla cueillir les roses sur la terrasse.
Il en cueillit une, et d'autres. Elles étaient jaunes,
nous l'avons dit. Ce qui le faisait sourire, c'est
que leur ruse était bien maladroite. Ils avaient
voulu le rendre jaloux, et ils l'avaient envoyé
sur la terrasse, d'où l'on pouvait voir parfaitement tout ce qui se faisait dans le boudoir japonais. S'il avait été à leur place, lui, et qu'il eût
imaginé cette plaisanterie, il aurait trouvé quelque chose de plus ingénieux. On voulait lui donner une leçon, c'était clair; mais on aurait pu la
lui donner d'une façon plus subtile. En attendant, il se promenait de long en large, cueillant
des roses, et jetant, de moments en moments,
un regard dans le boudoir, à travers les vitres
transparentes.

Il les voyait. Ils étaient au piano, chantant.
Tout allait bien. Pourtant il ne comprenait plus
ce qu'on voulait. L'effet, maintenant, était produit. Il n'avait pas été jaloux, il avait gagné la
gageure, on pouvait le faire rentrer; car enfin, il
s'ennuyait, là, tout seul, sur la terrasse.

Tout à coup, Clémentine apparut à la fenêtre
et baissa le store japonais, qui était très épais.

-- A la bonne heure ! se dit-il, voilà une farce
au moins. A présent, cela est drô'e. Mais je
ne rentrerai pas dans la maison, et ils montre-
ront leur béjaune, ce soir, après dîner, quand je

leur dirai combien je me suis moqué d'eux.

Il continua à se promener sur la terrasse, cueillant des roses jaunes, toujours.

Le fait est qu'il n'était pas tranquille. Certainement, il savait que son ami et sa maîtresse étaient incapables de le trahir. Mais enfin, il eût préféré qu'ils n'eussent pas mis ainsi sa patience à l'épreuve. Ils devaient tous les deux être assez sûrs de lui pour ne pas tenter une pareille expérience. D'ailleurs le temps se passait, et cette raillerie était trop prolongée. Il y avait bien une heure qu'il était sur la terrasse, parmi les roses jaunes, et que, marchant de long en large, il attendait qu'on le rappelât. Un détail : le piano s'était tu.

Il eut beau résister ; le soupçon, clair, net, complet, lui vint. On avait voulu le rendre ridicule ! Eh bien, on avait réussi. Il était jaloux. Que voulez-vous ? Il l'était. Il avait beau se donner les meilleures raisons du monde, il brûlait de savoir ce qui se passait derrière le store japonais. Avoir arpenté pendant deux heures la terrasse, parmi les roses jaunes, l'impatientait. Il aurait voulu que tout ceci fût fini. Il était bien sot de ne pas rentrer dans la maison et de ne pas aller leur dire : « Voyons, finissez cela, et causons ensemble, s'il vous plaît. »

Quand deux heures et demie se furent écoulées,

le bouquet de roses jaunes était devenu énorme,
— il n'y tint plus. Il enjamba les marches du
perron, traversa l'antichambre, enjamba la salle
à manger, dévora en trois sauts le salon, et, son
gros bouquet à la main, s'arrêta devant la porte
du boudoir.

— Non, vraiment, je suis trop bête! Vont-ils
rire! Soupçonner Clémentine! Clémentine qui a
quitté pour moi sa mère, son mari! Clémentine
qui, depuis trois mois, n'a d'autre pensée que ma
pensée, d'autre horizon que mes yeux, — qui ce
matin même a trempé une mouillette dans l'œuf
à la coque que je mangeais! Révoquer en doute
la loyauté de Laurian, de Laurian qui a fait ses
études dans le même collège que moi, qui me
chipait toujours mes billes quand nous jouions
ensemble, qui m'a pris toutes les maîtresses que
j'ai eues, Laurian, un ami, un frère, mon Pylade,
qui est sérieux, qui a de la fortune, un homme
de poids, enfin! Je suis stupide. Néanmoins, je
crois qu'il vaut mieux entrer.

Et il entra.

Qu'il avait eu raison d'entrer! Comme il fut
satisfait en les retrouvant, assis un peu loin l'un
de l'autre, lui, sur le tabouret du piano, elle,
dans un fauteuil bas, indifférents, souriants,
causant de la *Belle au bois dormant* et de la
Revue des Folies-Marigny; lui, spirituel, amical,

elle, bonne et sympathique, et si jolie dans sa robe d'organdi dont la moindre imprudence eût cassé les plis roides...

Ah! sacrebleu!...

Elle avait changé de robe!

LA VIE ET LA MORT

D'une Danseuse

A douze ans, la signorita Marietta Dall' Oro dansait les papillons et les sylphes au théâtre Saint-Charles, à Naples. Par miracle, elle n'avait pas l'air souffreteux qui distingue communément les baladines de son espèce, créatures anormales, vaguement désireuses de lumière vive et de vagabondages dans les bois, opprimées par le monde artificiel où elles se débattent. Marietta, démesurément précoce, portait en elle assez de sève pour suppléer aux causes extérieures d'épanouissement; elle avait grimpé aux arbres des portants et s'était chauffée au soleil des toiles de fond. Coiffée d'églantines blanches, vêtue de crêpe rose, toute rose, toute blanche, elle montrait des épaules délicatement charnues; ses bras, quoique un peu grêles, ne rappelaient en rien la rigidité virginale qui perce au coude la manche des jeunes personnes; on re-

marquait sa cuisse déjà musculeuse et son genou
nerveux comme celui d'un poulain calabrais. Il y
avait au théâtre un certain Gugli.mo Tiradritto,
danseur naguère illustre, qui s'était cassé la jambe
droite au plus beau temps de sa gloire, en escala-
dant par mégarde le mur d'un couvent de filles,
à Bologne; d'où s'ensuivit qu'il béquilla cruellement jusqu'à la fin de ses jours; mais la jambe
qui lui restait avait du génie pour deux. Grâce
aux conseils de Tiradritto, Marietta, qui était née
avec des ailes aux talons, ne manqua pas de devenir une danseuse admirable, bruyamment ap-
plaudie; et d'autre part, sa beauté mûrissante, que
singularisaient encore des arrière-grâces d'enfance,
suscitait de nombreuses convoitises. Sa mère, figu-
rante obscure et coquine effrénée, s'entremit aussitôt, décourageant les ladres et les gens de petite
extraction. Le général Frimont, prince d'Autrodoco, commandant de l'armée autrichienne en
Italie, offrit une parure de sept mille frédéricks,
et le prince de Salerne, frère du roi Ferdinand,
ne parlait de rien moins après boire que d'épouser
de la main gauche la signorina Marietta Dall'Oro.
Il y avait de quoi faire tourner la tête d'une bal-
lerine; la tête tourna du mieux qu'elle put, et
Marietta se fit enlever par un jeune cavalier de
Palerme qui ne possédait pas trente piastres et faisait le métier de poète comique.

Pendant six mois, les deux enfants, ayant auprès d'eux le seul Tiradritto, se tinrent cachés
dans un faubourg de Catane, aux pieds des monts
de Sicile. Ce fut un amour souriant, tendre, clair,
matinal. La signorina ne s'est jamais souvenue
qu'avec douceur de ce pauvre Lorenzo qui faisait
de si jolis sonnets et qui avait de si grands yeux.

Au commencement de l'hiver, elle s'imagina
d'aller danser à la cour de Modène. Ce n'était
plus la petite Marietta du théâtre Saint-Charles ;
la jeune femme avait jailli de l'enfant précoce.
Ses lèvres, gonflées de sang sous les baisers de
Lorenzo, contrastaient mieux avec la blancheur
du visage, et l'amour était resté vivant dans la
profondeur de ses yeux. Trop ingénue naguère et
puérilement impatiente, sa danse avait maintenant
des ondulations molles et perverses ; il semblait
que son corps s'enveloppât, dans les ivresses du
ballet, d'une chaude flamme exhalée de lui-même
comme une sueur lumineuse ; et ses gestes étaient
des souvenirs d'enlacements dont la caresse prolongée s'imposait aux cous des spectateurs vaincus
par l'hystérie. Le duché de Modène fut boule-
versé totalement. François d'Este, lui-même, seul
et masqué, vint frapper un soir à la porte de la
signorina. En considération de son Altesse et par
un effort de génie, la danseuse rénova, jambes
nues, cette pantomime oubliée, dont sa mère,

jadis attentive aux intrigues de la cour des Deux-
Siciles, avait entrevu le mystère, ce tendre pas
du châle enseigné par Miss Emma Harte à la
déesse Hygie et que lady Hamilton se rappelait
encore aux petits soupers de la reine Caroline-
Marie. François IV, extasié, déclara qu'il revien-
drait le lendemain; mais la signorina disparut au
point du jour avec le fidèle Tiradritto.

De Florence où elle séjourna longtemps, sa
renommée grandissante conquit l'Italie entière.
La Scala se ruina pour l'engager et s'enrichit
pour l'avoir engagée. C'est alors qu'elle se lia
de tendresse avec un jeune bon cousin de la
Vente Centrale d'Alexandrie; d'où résulta que,
par la suite, pour désigner l'époque de son passage à Milan, elle avait coutume de dire, à l'exemple d'une belle princesse illustrée par les poètes :
« Lorsque j'étais républicaine. » Mais la signora
Dall'Oro ne s'attardait pas longtemps à la même
fantaisie ; en dépit des remontrances de Tiradritto
qui la suivait de ville en ville, béquillant de pis en
pis, elle résilia son engagement, paya je ne sais quelle
somme à l'impresario de la Scala, et reparut à
Naples où sa mère venait de mourir. Toutes larmes séchées, Marietta fit de la politique absolu-
tiste avec le maréchal Radetski, qui avait remplacé
le prince d'Autrodoco. « Lorsque j'étais autrichienne, » disait-elle plus tard. Elle ne voulut

...oint danser à Saint-Charles, parce que c'était le ...mps où les jambes des ballerines, avec leurs ...leçons verts, ressemblaient à des tiges de pal...iers; et la signorina tenait pour les maillots ro... ...s; mais après trois années de paresse délicate ... d'amours inconnues, le démon des coulisses, ...ui harcèle sans pitié, l'obligea de signer un enga...ement pour Covent-Garden. Les brouillards de ...ondres faillirent la rendre folle de tristesse; ...algré les joies du théâtre, elle garda le spleen ...ut l'hiver, et crut se divertir en épousant sir ...illiam Campbell. Quand on lui mit au front les ...eurs nuptiales, elle eut un petit rire. « Pourquoi ...ez-vous, milady? » demanda l'époux gravement. ...C'est, dit-elle, que je me souviens d'avoir ...orté des couronnes comme celle-ci, au troi...ième acte des ballets, quand Colombine se ...arie avec Arlequin. » La lune de miel n'avait ...en qui pût surprendre Marietta; sir William lui ...emeura indifférent; deux ou trois amants qu'elle ...it ne l'émurent qu'à peine; de sorte qu'un matin ...es malles furent faites à la hâte, et milady ...ampbell s'embarqua sur le paquebot de Douvres, ... la grande satisfaction de Gugliemo Tiradritto, ...ont la poitrine se gonflait d'amertume sous sa ...vrée d'intendant, et qui, tout le jour, ne faisait ...utre chose que de battre avec sa béquille la me...ure d'un ballet ancien.

A Paris, les poètes se souviennent encore
Marietta Dall'Oro, la belle mime aux lèvres
grenade, qui leur jetait des poignées de soleil
visage et faisait tournoyer dans la valse de *Gise*
la furia des tarentelles napolitaines. En huit jou
la signorina fut célèbre et se révéla Parisienn
elle eut tout ce qu'il convenait d'avoir : des éq
pages de luxe, un domestique nègre, et le bar
de Chalmy, qu'elle ruina comme un ange, et u
loge aux Bouffes pour les soirs où elle ne dans
pas. Mais on estima généralement qu'elle s'atte
drissait outre mesure sur le sort d'un musici
suédois qui lui avait dédié une polka-mazurke et
mourait de la poitrine. Il y eut une heure trist
en effet, dans cette vie souriante, elle s'était pri
d'amour, l'aventurière, pour ce jeune homm
étranger, tendre comme les enfants malades, q
considérait la tombe d'un paisible visage. Qua
il mourut, elle pleura. C'est à ce moment que l
journaux annoncèrent le décès de sir Willia
Campbell, qui s'était pendu à un cyprès, par u
matinée d'octobre ; cela survint très à propos,
la mort du mari servit de prétexte à porter
deuil de l'amant. Mais les robes noires s'usent vit
La signorina se reprit à courir le monde. En All
magne, elle fut honorée de quelques rencontr
avec la princesse Morgane de Paleastro, liais
passagère, mansuétude de grande dame pour u

courtisane. A Vienne, elle dansa, puis à Madrid, puis à Lisbonne, sans cesse turbulente et joyeuse comme la clochette d'un bonnet de fou, jeune encore en dépit du temps qui se hâte, aussi jeune que la petite Marietta du théâtre Saint-Charles, et mille fois plus charmante. Était-il bien possible qu'elle eût quarante ans, en effet ? Cela l'inquiétait un peu. Elle fut engagée à Saint-Pétersbourg, épuisa des mines de platine, affranchit cent esclaves, reparut en Espagne, puis revint en Russie. Mais à Moscou, le froid la saisit ; elle regretta le soleil et partit pour l'Italie. Sous les arbres d'une promenade, à Ferrare, elle retrouva ce pauvre Lorenzo, qui vivait à grand'peine en composant des poèmes d'opéras et des scénarios de pantomimes.

La misère présente lui avait ravi la mémoire du passé ; il disait : « Je suis vieux, » et se rappelait mal le théâtre Saint-Charles et le faubourg de Catane, au pied du mont Gibel. La signorina convint elle-même qu'il y avait bien longtemps de tout cela. Quant à Tiradritto, il n'en pouvait plus. Par une détermination rapide, et se réservant à peine de danser quelquefois devant le miroir quand sa femme de chambre ne serait pas là, Marietta quitta le théâtre. Elle renoua d'une lettre son amitié ancienne avec le baron de Chalmy et vint habiter la France sous le nom de milady

Campbell. Cinq années s'écoulèrent. Un soir d'hiver, la danseuse repentie, mais toujours belle et
coquette irrémédiablement, se faisait coiffer d'églantines blanches et vêtir de crêpe rose, entre les
glaces d'un boudoir, dans son petit hôtel de l'avenue Marigny, charmant comme un pavillon de
favorite, avec ses vitres peintes et ses balcons
légers où fleurissaient des lauriers de Bengale
mêlés à des cactus de Chine ; mais le baron de
Chalmy, qu'elle attendait, ne vint point. A vrai
dire, il écrivit qu'il ne viendrait plus. Quelle raison donnait-il ? Qu'il avait soixante ans ? « Prétexte ? » dit Marietta, qui en avait cinquante. Cet
abandon la laissait besoigneuse. Rentrerait-elle au
théâtre ? Quelques plis malaisément dissimulés
par le blanc de perle, pareils aux branches d'un
éventail qui rayonnent autour d'une charnière, se
rejoignaient dans une fossette au bord de son
œil ; la chair de son cou, jadis si délicieusement
blanche, et dont la teinte imitait maintenant celle
des vieux ivoires et des dentelles anciennes, se
renflait vers le milieu comme si elle avait été
parallèment serrée par deux fils inaperçus ; enfin,
elle était un peu grasse, avec des formes abandonnées. Mais les premières atteintes de la vieillesse avaient plutôt transformé que définitivement
altéré sa beauté ; une grâce moite et languissante
l'enveloppait ; elle avait la séduction douce de ce

qui va n'être plus, comme elle avait eu autrefois
e charme acide de ce qui n'est pas encore; et
l'on songeait, auprès d'elle, à quelque rose opu-
lente et fraîche qui aurait déjà, comme un attrait
de plus, le vague parfum triste qui s'exhale d'une
fleur conservée entre les marges d'un livre. D'ail-
eurs, la danseuse n'était point morte en elle : elle
souffrait cruellement de son renoncement aux
joies turbulentes des aventures; l'impalpabilité de
ses souvenirs ne lui suffisait pas; elle avait des
rébellions mal contenues; aux heures où naguère
elle allait au théâtre, elle éprouvait cette nostalgie
singulière qui fait palpiter, à l'époque de l'émigra-
tion, l'aile des oiseaux prisonniers; la chambre où
elle se plaisait avait une apparence de loge entre
deux portants, avec ses tentures aux couleurs violettes, ses meubles inusités, ses loques écarlates,
éparses çà et là, sa vaste glace haute, fendillée vers
les coins, et le pot de vermillon égaré sur une
étagère; elle avait malaisément quitté les locutions
familières aux coulisses; elle n'aurait jamais pu
abandonner l'habitude des tutoiements soudains;
et lorsque, dans un bal d'artistes, elle consentait à
un quadrille, ses jupes longues, par un renverse-
ment d'idées, la troublaient comme une impudeur.

Elle rentra à l'Opéra, et tout alla bien pendant trois ans, car elle eut un feuilleton, je veux
dire un amant qui s'enfermait tous les vendredis

pour noircir vingt-quatre feuilles de papier qu'un
journal publiait tous les lundis. Mais le feuilleton portait perruque. Dans une querelle à propos d'une petite du corps de ballet dont il avait
sans mesure exalté le maillot, Marietta arracha
la perruque et la jeta aux pieds de sa rivale. Hu-
milié, le feuilleton qui savait l'âge de sa maîtresse, l'imprima, et l'engagement de la danseuse
ne fut pas renouvelé. Par bonheur, derrière le
manteau d'arlequin elle avait quelquefois souri à
un vaudevilliste, qui la fit entrer au théâtre de la
Porte-Saint-Martin. Là, pour obliger une figu-
rante, remarquablement perverse, qui s'était
endettée au profit d'un chanteur comique de
café-concert, et qu'elle recueillit dans son hôtel
de l'avenue de Marigny, elle vendit ses diamants;
mais elle en acheta d'autres, qu'elle ne paya
point. Son mobilier pouvait être saisi; elle le
mit sous le nom de son amie; de sorte qu'un
beau soir celle-ci la jeta à la porte en l'appelant:
« Vieille folle! » Marietta pleura amèrement;
c'était la première fois qu'on l'appelait: vieille.
Avec le fidèle Tiradritto, qui l'accompagnait sans
relâche, elle alla loger dans un hôtel.

A la Porte-Saint-Martin, elle avait peu réussi;
un théâtre de premier ordre lui offrit cependant
un rôle secondaire dans un ballet nouveau. Elle
refusa, et, pour vivre, vendit les diamants qu'elle

n'avait point payés. Mais, citée en justice, elle dut rendre l'argent et accepta un troisième rôle dans un théâtre de second ordre. Après trente représentations sans éclat, elle fut congédiée ; on disait qu'elle avait les jambes trop grosses. Tout cela la tuait. Pourtant c'était une grande artiste. Elle avait cinquante-cinq ans.

Un jour, étant très pauvre, elle alla chez le vaudevilliste, qui ne devait pas, croyait-elle, avoir oublié son sourire. Il lui offrit vingt francs. Elle les accepta. Chez le feuilletoniste, où elle se présenta ensuite, elle ne fut pas reçue ; dans la rue, en se retournant vers la maison de son ancien amant, elle vit à une fenêtre, la petite du corps de ballet, aujourd'hui, premier sujet, qui l'avait reconnue et riait aux éclats. « Ce manche à balai ! » dit Marietta, car il faut bien se venger. Une autre fois, elle n'avait plus que dix sous dans un vieux porte-monnaie déchiqueté, elle sonna à la porte du baron de Chalmy ; elle pensait : il est gentilhomme, celui-là. « Vous voulez parler à mon père, Madame ? » demanda une toute jeune fille qui apparut, curieuse, derrière le domestique, quand la porte fut ouverte. La vieille pécheresse rougit. « Non, Mademoiselle, dit-elle, je me suis trompée d'étage. »

Marietta et Tiradritto vivaient cette vie triste où l'on s'étonne chaque matin d'avoir mangé la veille.

Il y avait, rue de la Tour-d'Auvergne, un cours
de danse dirigé par un ancien militaire; Marietta
acheta cet établissement; elle n'avait point d'argent, mais elle en promit. Le mardi, elle donnait
un bal. On sait ce que c'est que ces sortes de
bals. A la porte personne ne payait, bien que Tiradritto, rogue et roide, fût assis au contrôle; mais,
à minuit, on buvait du champagne; cela rapportait un peu d'argent.

Marietta composait des ballets; elle les exé-
cutait elle-même, avec les moins sottes de ses
élèves, car elle avait des élèves, qui ne la payaient
point. Un soir, dans un coin de la salle de bal,
elle laissa tailler un baccarat; ensuite, on joua
tous les mardis; quelques personnes trichèrent;
on racontait que Marietta partageait les profits; ce
n'était pas vrai; en somme, un tripot; de sorte
que la police, bientôt informée, fit irruption une
nuit, saisit les cartes, et jeta les joueurs dans la rue.

Les hommes pestaient, les femmes riaient; on
fit venir des fiacres, et tout le monde rentra chez
soi, à l'exception de Marietta et de Tiradritto, qui
demeurèrent sur le trottoir par la double raison
que, la caisse du contrôle ayant été saisie, ils
n'avaient pas d'argent pour prendre une voiture,
et que leur seul domicile était la salle de bal d'où
on venait de les expulser.

C'était pendant le carnaval, en février; il tom-

bait une petite pluie très fine, presque rien, un
brouillard; mais il faisait beaucoup de vent.
Coiffée d'églantines blanches, vêtue de crêpe rose,
Marietta avait une jupe courte qui laissait voir ses
jambes encore belles. Les nuits sont très longues.
« Que faire? » dit la danseuse. La bise lui mor-
dait les mollets.

« Venez, dit Tiradritto, je connais le contrôleur d'un bal de barrière; il nous fera entrer pour
rien, et vous vous réchaufferez. » Ils allèrent;
mais le contrôleur ne voulut les laisser passer qu'à
la condition qu'ils offriraient un saladier de vin.
« Soit! » dit Tiradritto. Comme il avait beaucoup
de mauvaises connaissances, il espérait trouver
quelqu'un dans le bal qui lui prêterait vingt sous;
il rencontra un de ses amis, en effet, qui lui
emprunta deux francs. Le saladier bu, il fallait le
payer; il y eut une querelle avec le garçon; on
les conduisit au poste, où ils couchèrent. « Que
c'est sale! » dit Marietta en entrant. Cette nuit-là
fut triste.

Non loin des fortifications, du côté de la barrière de l'Ecole il y a des maisons décriées où
dorment des mendiants. C'est dans un de ces taudis
que logèrent dès lors les deux misérables.
Marietta toussait beaucoup, parce que les fenêtres
ne fermaient point; elle avait maigri, elle avait
soixante-quatre ans; elle était hideuse; elle disait:

« Quand j'aurai de l'argent, j'achèterai un miroir. »
Cependant, de quoi vivaient-ils? Gugliemo Tiradritto, qui sortait dès le matin et ne rentrait
jamais avant la nuit tombante, rapportait quelques
sous, parfois. « J'ai emprunté, » disait-il.

Un jour, Marietta, en se promenant au soleil,
entendit un air de danse joué par un accordéon
dans la cour d'une maison prochaine; elle se souvint d'avoir dansé sur cet air, autrefois, devant
François d'Este, duc de Modène; elle soupira, et,
rêveuse, entra dans la cour. Sordidement vêtu,
Tiradritto jouait de l'accordéon en frappant la
mesure avec sa béquille et en disant: « Mesdames
et Messieurs, n'oubliez pas un pauvre infirme,
s'il vous plaît! » Marietta lui sauta au cou. « Joue,
joue encore! » cria-t-elle; et alors, relevant sa
jupe de vieille laine rougeâtre en lambeaux, montrant ses noires jambes maigres, dont l'une était
sans bas, elle se mit à danser, haillonneuse, éche-
velée, horrible, cette danse oubliée dont sa mère,
jadis attentive aux intrigues de la cour des Deux-
Siciles, avait entrevu le mystère, ce tendre pas
du châle enseigné par miss Emma Harte à la
déesse Hygie, et que lady Hamilton se rappelait
encore aux petits soupers de la reine Caroline-
Marie. Une cuisinière, qui traversait la cour, les
appela : « Vilains singes! »

Dès lors, ils mendièrent ensemble; il jouait, elle

dansait; on leur donnait parce qu'ils faisaient rire; elle put acheter un miroir et un pot de fard. Mais le rhume de Marietta était devenu un asthme; un jour elle dit : « Je suis malade, » et se coucha. Le lendemain matin elle se trouvait mieux; mais le soir, elle mourut étouffée.

Quand les chevaux des corbillards ont des plumets blancs, cela coûte très cher. Ils en avaient au convoi de Marietta. Tiradritto seul le suivit. Comme il avait cassé sa béquille, la veille en enfonçant une porte, il fallait, pour marcher debout, qu'il s'appuyât des deux mains à l'arrière-train de la voiture.

A la sortie du cimetière, deux hommes de police le prirent au collet en lui disant qu'il avait volé pour cinq cents francs de bijoux dans la boutique d'un orfèvre. Deux mois plus tard, il fut jugé, et on l'expédia dans une maison de détention au lieu de l'envoyer aux galères, parce qu'il avait soixante-dix-sept ans.

4

Siméon Charlerie

D'une paisible ménagère, qui n'avait de sa vie lu d'autre livre que son paroissien, estimant que lorsqu'une femme a, tout le jour durant, surveillé sa cuisine, lavé, peigné, habillé ses enfants et ravaudé les chemises de son mari, elle n'a rien de mieux à faire que d'aller reposer son front, dès la nuit tombante, sur un oreiller plein de rêves honnêtes ; — d'une excellente ménagère et d'un brave homme, percepteur depuis douze ans à trois mille francs d'appointements, naquit, une après-midi de juillet, dans une très petite ville du nord de la France, un gros et fort garçon, qui fut baptisé sous les noms de Charles-Anselme-Siméon Charlerie.

— Siméon Charlerie, voilà un nom ! dit la mère avec complaisance. Cela sonne comme un gros sou qui tombe sur le plancher.

Siméon, quatrième fruit d'une union régulière-
ment féconde, fut nourri par Mme Charlerie. Elle
disait de lui :

— C'est un ivrogne !

— Bon ! répliquait le père, ivrogne de lait,
sobre de vin ; Siméon sera comme moi, qui ne
bois que de l'eau.

A l'âge de deux ans, Siméon Charlerie était un
petit homme qui faisait le désespoir de sa mère
parce qu'il ne pouvait manger une tartine de con-
fiture sans la partager généreusement avec sa
blouse ou sa culotte. D'ailleurs il était joufflu,
massif, et restait volontiers dans les coins, songeur.
Ce qui ne veut pas dire qu'il pensât à quelque
chose ; mais il avait l'air de penser. Son père le
proposait en exemple à ses autres enfants, turbulents et joueurs, et disait : « Ce sera un homme
réfléchi, comme moi. »

Il y avait un petit jardin derrière la petite maison du ménage Charlerie. La mère y cultivait des
artichauts, des carottes et autres plantes potagères.
De roses, il n'y en avait point ; cela tient de la
place inutilement. Les enfants jouaient parmi les
légumes. Le soleil et les papillons, du reste, font
un parterre somptueux du plus morose coin de
terre. Il importe peu que l'on coure à travers des
plants d'oignons ou à travers des reines margue-
rites, pourvu que l'on coure, et les épines des

artichauts, lorsqu'il s'agit de déchirer des robes
d'enfants, ne le cèdent en rien aux épines des
rosiers. Siméon se mêlait peu aux joies vives
des autres garçons. Il était doux, timide ; il n'était
point sournois cependant. Quand il regardait
les papillons, de loin, sans oser courir après
eux, il avait l'air de les trouver trop beaux pour
lui.

Un soir, entre les deux parties de dominos qu'il
avait coutume de jouer après dîner dans un petit
café situé en face de sa maison, M. Charlerie
annonça à ses amis qu'il commencerait le lendemain l'éducation de son fils Siméon. « Il a six
ans, il n'y a plus de temps à perdre ! » Le lendemain donc, l'honnête percepteur, ayant placé
sur une table un petit volume, une ardoise et un
bâton de plombagine, appela son fils, lui dit gravement : « Approchez, Siméon ! » et en relevant
ses lunettes par-dessus ses sourcils, ajouta : « Voulez-vous apprendre à lire, M. Charlerie ? »

Le résultat d'une vingtaine de leçons qui toutes
commencèrent comme la première, et, comme la
première aussi, finirent toutes par ces mots :
« Mais, M. Charlerie, vous ne saurez donc jamais
lire ? » fut chez le jeune Siméon un ahurissement
tel et une si grande répulsion pour l'Alphabet,
que la simple vue d'un livre sur une table ou d'une
enseigne au-dessus d'une boutique suffisait à lui

remplir les yeux de larmes, tout au moins à lui faire prendre la fuite.

Dans ces moments, il allait se réfugier parmi les jupes de sa mère, qui, la bonne femme, ayant un peu désappris ses lettres depuis sa première communion, avait une sorte de reconnaissance à son fils d'être si attaché à une ignorance qui leur était commune. Il lui semblait que Siméon, quand il saurait lire, ne serait pas à elle comme auparavant.

Cependant, M. Charlerie, au dessert d'un dîner de famille, annonça que son élève lirait une fable dans la soirée.

Le moment venu, l'enfant prit le livre, chercha la page où il avait coutume d'épeler et lut la fable promise. Il lut? Non. M. Charlerie, en se penchant, reconnut que Siméon récitait *La Grenouille et le Bœuf* devant *Les Animaux malades de la peste*.

Mais, dans son orgueil de père et de professeur, il garda pour lui sa découverte et s'en consola en pensant : « Il aura du moins de la mémoire. »

Quand Siméon eut douze ans, le ménage Charlerie résolut de l'envoyer dans une institution.

— Ce sera une grosse dépense, dit le père, et je ne sais si nous pourrons y suffire, car l'éducation des aînés coûte beaucoup déjà.

— Nous pouvons renvoyer Marianne, fit observer la mère.

— Moi, dit le père, en approuvant la mesure proposée, je jouerai aux dominos chez moi, tout seul.

Siméon fut expédié. Blond, gros, niais, aux grands yeux ronds, au nez plat, avec son air taciturne et bon, sous des vêtements qui avaient été, deux ans auparavant, ceux de son frère aîné, il fut singulièrement tourné en dérision dans l'institution, où, moyennant une somme annuelle assez médiocre, on s'était engagé à le fortifier, comme il convient, du suc de la science. Il supporta patiemment les impatiences des maîtres qu'irritait parfois son défaut presque absolu de facultés compréhensives, et avec douceur les duretés de ses camarades, qui, le trouvant ridicule, ne lui cachaient point leur opinion.

Morose pendant les classes et s'efforçant de deviner pourquoi on le forçait à lire des livres où il ne comprenait rien, seul pendant les récréations, car, maladroit de corps comme d'esprit, il eût rompu les jeux où il aurait tenté de se mêler, il grandissait en s'hébétant.

Il avait naturellement l'air étonné. Il semblait qu'il se demandât toujours ce qu'on lui voulait. Il y avait entre les choses du dehors et son esprit une épaisseur qu'il était malaisé de percer. Il fallait donner aux idées une forme tangible ou visible pour qu'elles l'affectassent. Il ne comprenait

pas ce qu'on lui démontrait, mais ce qu'on lui
montrait. Lui-même, il résumait en images ce qu'il
voulait percevoir. Très longtemps il eut deux
visions singulières : quand il était d'humeur satis-
faite, il voyait devant lui, à peu de distance, entre
ses deux yeux, dans un cadre grand comme celui
d'un portrait-carte, un filet d'eau rond et égal,
qui coulait doucement et tournait sur du sable
très uni ; quand il était en proie à quelque pensée
fâcheuse, il voyait, à la même place, de même
dimension, une petite cascade ébouriffée qui
s'enchevêtrait péniblement dans des broussailles.
Il jugeait de son calme à la placidité plus ou
moins lente du filet d'eau, et de son trouble à
l'éparpillement plus ou moins hérissé de la
cascade.

Ainsi, il ne pouvait pas regarder en soi-même ;
il fallait, pour la concevoir, qu'il projetât sa pensée et la matérialisât. Cependant il n'était point
bête. Il apprenait difficilement, mais, ce qu'il avait
appris, il ne l'oubliait pas. Ses impressions étaient
rares, mais ineffaçables. Tout petit, il avait vu un
chat croquer un oiseau ; cela lui était resté, comme
on dit ; s'il voyait un chat, il avait le frisson.
Quand il rêvait (ce qui lui arrivait peu fréquemment), il rêvait presque toujours d'un oiseau qui
croquait un chat, car il y avait en lui un très vif
sentiment de la justice.

Au collège, il eut un compagnon, disons mieux un tyran : Rémond Pichard.

Rémond Pichard était le fils d'un marchand de vin. Il avait été envoyé en pension, non pour faire ses humanités, mais pour apprendre la tenue des livres et autres sciences indispensables à l'industrie et au commerce. On vit, quand il arriva, un garçon de treize ans, aux cheveux roux, au nez aigu, à la bouche grosse. Ce petit homme était hardi, beau parleur et mauvais pour le plaisir d'être malin. Tout d'abord, il remarqua Siméon Charlerie, et, selon son expression, il lui mit la main dessus. Il avait flairé un souffre-douleur résigné ; il l'empoigna.

Le matin, en se levant, il disait à Siméon : « Fais mon lit. » Pendant le repas, il prenait les morceaux qui lui plaisaient dans l'assiette de Charlerie. Quand celui-ci recevait de sa mère des confitures ou quelques tablettes de chocolat, Rémond s'en emparait, les distribuait parmi les élèves, en disant : « C'est mon père qui m'envoie cela, » et ajoutait, en se tournant vers Siméon : « Tu n'en veux pas, toi ? » Enfin, lorsque Rémond Pichard avait commis quelque faute dont on recherchait l'auteur, il disait tout bas à sa victime : « Va dire que c'est toi ! » et il était obéi.

Charlerie n'aimait point son despote ; il l'admirait. Inventeur de jeux bruyants et compliqués, diseur de bons mots, conteur d'histoires mondaines, Rémond lui apparaissait comme un être à part. Lui, candide, il considérait avec étonnement les allures viriles et la corruption précoce de son camarade. Il ne les sentait pas parce que, instinctivement, il sentait qu'il y avait en elles quelque chose de répréhensible; mais il en subissait l'influence dominatrice. Un jour, en entendant Rémond Pichard raconter avec maints détails qu'aux dernières vacances, près d'un lavoir, il avait pincé le bras nu d'une blanchisseuse, Siméon rougit considérablement; mais, levant les yeux, il regarda, comme on regarde l'Arc-de-Triomphe, l'être qui avait osé faire cela.

Dans ces deux enfants, deux vocations contraires, mais destinées à se côtoyer, s'étaient rencontrées : la vocation de fripon et celle de dupe.

Cependant, Rémond Pichard quitta bientôt le collège où il avait peu appris et beaucoup enseigné. Il avait seize ans.

— Adieu, dit-il à Siméon, tu es mon ami; je t'ai aidé de mon expérience : si nous nous retrouvons dans le monde, je t'aiderai encore. En toute circonstance, tu me trouveras prêt à te soutenir de mes conseils. Tu n'es pas fort; tu auras besoin de moi. Maintenant, je crois que tu as dix francs dans une tirelire; va me les chercher.

Siméon courut et apporta les dix francs.

— Très bien, dit Rémond. Si tu avais donné cet argent à un ingrat, il n'aurait pas manqué de te dire : « Je vous le rendrai, » et il te l'aurait peut être rendu : mais moi je te dis : « Tu ne le reverras jamais, » parce que je suis ton ami. Seulement, viens m'embrasser. Voilà comment j'entends l'amitié.

Siméon, en pleurant de tendresse, embrassa son camarade, puis ils se séparèrent.

Siméon fut stupéfait d'être libre. Il en fut gêné aussi. Rémond Pichard, qui lui évitait la peine de penser, lui manqua. Il essaya de trouver un nouveau maître. Il proposa à chaque élève tour à tour de lui faire son lit; tous les élèves, naturellement, consentirent; mais ils consentaient, ils n'ordonnaient pas. Il n'y avait rien d'obligatoire pour Siméon dans ce qu'il faisait. Il n'obéissait pas, il rendait service. Sans concevoir pourquoi, il n'était pas satisfait. Pendant le repas il offrait sa part, avant d'y toucher, à son voisin, mais celui-ci, en acceptant d'ailleurs, lui disait merci. Jamais Rémond Pichard ne lui avait dit merci. Siméon, dont les idées étaient obscures, répétait souvent dans la solitude de son indépendance : « C'était mon ami, celui-là! »

Peu à peu, à force de compulser patiemment les volumes d'histoire et des dictionnaires, il

était parvenu, non pas à comprendre ce qu'ils
contenaient, mais à l'apprendre par cœur; la
géographie eut même quelque attrait pour lui, à
cause de la mappemonde et des cartes. Là, il
concevait parce qu'il voyait. Il en arriva à des-
siner de mémoire, avec tous leurs détails de ver-
sants et de fleuves, de forêts et de sables, des
régions très compliquées, sans omettre la plus
petite ville dont le nom, tracé d'une écriture mé-
ticuleuse, enjambait de sa dernière lettre, comme
d'un pont, la mince ligne blanche et noire qui
figurait un fleuve.

En ce qui concerne les choses littéraires et phi-
losophiques, il se maintenait dans une stupéfac-
tion perpétuelle.

Néanmoins, vers la fin de sa dix-neuvième
année, il savait à peu près de quoi être reçu
bachelier; il subit l'examen et fut admis avec
compassion.

C'était, à cette époque, un grand garçon extraordinairement gras, aux yeux de veau, au nez
large, sans front sous des cheveux jaunes. Il avait
la lèvre inférieure pendante, mais sans bassesse,
étant faible et bon. Il marchait d'un pas sourd et
craintif, comme on marche dans la chambre d'un
malade. Ses bras, presque toujours appliqués
verticalement à son corps, ne se hasardaient qu'à
des gestes rares, et, une fois ôtés, les mainte-

naient plus longtemps qu'il n'était nécessaire, ce qui produisait de burlesques désaccords entre le geste et la parole ; mais cet inconvénient n'était pas grave, parce que Siméon parlait peu. En somme, il avait l'air pesant et excellent.

Bachelier, Siméon Charlerie retourna auprès de sa famille qui, à l'occasion de l'examen glorieusement subi, donna un dîner où furent invités tous les personnages importants de la ville. Prié de montrer un échantillon de sa science par les bonnes gens qui se souvenaient, les larmes aux yeux, de l'avoir entendu autrefois dire la *Grenouille et le Bœuf,* il récita, non sans rougir, quelques pages de Malebranche sur la vision en Dieu. Ce petit divertissement fut très goûté. Une vieille dame, qui tenait le bureau de poste, s'écria :

— C'est une belle chose que de parler latin !

Enfin, Siméon eut un succès. M. Charlerie disait modestement :

— C'est moi qui ai commencé son éducation.

— On le voit bien, chuchota un gros homme qui faisait la chronique locale dans le journal du chef-lieu.

— Hein ! que dites-vous ? demanda brusquement madame Charlerie.

— Je dis, madame, qu'avec de pareilles dispositions, monsieur votre fils, un jour ou l'autre, pourrait bien devenir ministre.

5

— Il le sera avant vous, toujours ! dit la mère, qui avait mieux entendu que le journaliste ne le pensait.

Ce petit incident n'eut pas de suite. On servit le café. Siméon récita quelques vers de l'abbé Delille sur cette aimable liqueur. L'enthousiasme ne connut plus de bornes. M. Charlerie, penché vers l'oreille de sa femme, dit tout bas :

— Je crois, ma chère, que le garçon ira loin : il plaît.

Les jours suivants, tandis que Siméon considérait avec une émotion profonde les choux et les carottes que Madame Charlerie n'avait pas cessé de cultiver, il fut grandement question entre le père et la mère de la voie où diriger les facultés surprenantes de leur fils. L'excellente femme aurait voulu que l'enfant demeurât auprès d'eux. Avec son intelligence et sa figure, car elle le trouvait beau, il ne manquerait pas d'épouser la fille de quelque propriétaire, et ferait ainsi une bonne maison, que Madame Charlerie d'ailleurs conduirait, parce que les nouveaux épousés n'entendent rien aux choses du ménage. Mais le percepteur objecta :

— Y pensez-vous, ma chère ? Notre fils aurait appris le latin, le grec et la géographie pour devenir une espèce de fermier ? Après avoir allumé la lumière, nous la mettrions sous le boisseau ?

Jamais! Il faut que Siméon aille à Paris : Paris est la seule ville où les développements d'aucune sorte ne rencontrent d'obstacles. Là il se trouvera à l'aise. Dans les premiers temps, sans doute, il ne gagnera rien, et il faudra nous résigner à quelques nouveaux sacrifices; mais, bientôt, il fera son chemin, et, par une juste rémunération, il rendra notre vieillesse riche et glorieuse.

— Qu'il aille donc à Paris! dit la mère.

Cette résolution, communiquée à Siméon, l'ahurit.

— Paris, capitale de la France, dit-il.

Mais il ne fit pas d'autre objection.

Madame Charlerie s'occupa immédiatement des vêtements qu'il emporterait. Un frac noir, dont le percepteur se servait peu, fut savamment accommodé à la taille du jeune homme. Douze chemises de belle toile, un peu jaune, à côté de quelques vieilles jaquettes ravaudées avec génie et d'un costume tout neuf, qu'avait taillé et cousu une couturière à la journée d'après un habillement prêté par le notaire qui l'avait rapporté de Paris, cinq ans auparavant, s'entassèrent dans une lon-gue malle recouverte de bandes de poils gris alternant avec des bandes de bois noir, et bordée de cuir rouge découpé.

De sa part, M. Charlerie s'occupait de son fils. Il s'efforçait de retrouver dans sa mémoire les

noms des personnages influents qu'il connaissait
à Paris. Il avait été assez lié autrefois avec un in-
dustriel, aujourd'hui gérant d'une administration
gouvernementale. Cet ami, à coup sûr, ne l'avait
point oublié. Il dit à Siméon : « Tu iras le voir
dès ton arrivée à Paris et tu lui remettras cette
lettre; » lettre dans laquelle le bon percepteur
recommandait son fils à son ami et le lui confiait.

Enfin, ayant été embrassé par un nombre con-
sidérable de personnes dont les larmes gâtèrent
les épaules de son bel habit, Siméon monta en
wagon. Il avait trois cents francs dans une poche,
et, dans un petit sac de cuir, une moitié de saucisson avec un peu de pain, et trois pommes.

Dès que Siméon Charlerie eut mis le pied
dans une rue de Paris, il fut instantanément dévoré par une irrésistible ambition, celle de voir
la terre s'entre-bâiller sous ses pas. La ville lui
apparaissait comme une fourmilière de géants. Il
lui semblait que les passants avaient des bottes
de sept lieues. Les maisons l'épouvantaient
comme des montagnes; il avait le vertige en regardant le balcon d'un quatrième étage. Après
celui d'être englouti, qui ne s'était pas réalisé,
son premier désir fut de repartir immédiatement
pour sa petite ville; il n'osa point, à cause de son
père. Il rôda, hésitant et poltron. Il demandait
pardon aux gens qui le coudoyaient. Il ne savait

que devenir. Il avait très faim et aussi très soif,
parce que le saucisson altère; mais il ne mangea
que fort tard, dans un petit hôtel où il se décida
enfin à entrer après l'avoir considéré pendant
plus d'une heure, du trottoir opposé, son sac à
la main.

Le lendemain, l'ami de son père le reçut assez bien.

— Ah! ah! dit-il, vous voulez un emploi!
C'est fort naturel; mais, des emplois, est-ce que
vous croyez que j'en ai dans ma poche? Si vous
étiez avocat, une place dans les bureaux du con-
tentieux, cela pourrait se trouver; en cherchant,
on verrait; mais vous n'êtes pas avocat. Je suis
l'ancien ami de votre père; qu'est-ce que cela
prouve? Que j'ai été son ami autrefois, il y a très
longtemps. Enfin, voulez-vous que je vous dise?
Faites votre droit.

Siméon employa trois longs jours à s'efforcer
de comprendre les paroles de son protecteur. Il
résolut, en définitive, de les écrire, telles qu'elles
avaient été prononcées, car il avait une excellente
mémoire, et de les transmettre à M. Charlerie,
percepteur. Celui-ci répondit à son fils :

« Mon ami s'est fort bien expliqué, et il t'a donné
un excellent conseil. »

De sorte que, sur les indications de son père,
Siméon prit sa première inscription à la Faculté
de droit :

Pendant trois ans, Siméon traversa la vie sans la voir et sans s'y mêler. Il allait, venait, travaillait. Les robes d'organdi, le long des haies d'aubépine, n'habitèrent jamais ses songes inquiets de la besogne du lendemain. Il ne connut pas les tendres péchés. D'autres s'en allaient dans le plaisir et dans les bois; il les voyait passer, rencogné. Il résista à des tentatrices compatissantes qui, le voyant seul, venaient lui dire que c'était dimanche, et qu'il faisait soleil. Rougissant, il répondait :

— Vous vous trompez, mademoiselle; c'est mardi, et je crois qu'il pleuvra.

Et il les regardait s'éloigner comme il regardait autrefois les papillons dans le jardin de sa mère.

Il rencontra un jour Rémond Pichard. Celui-ci, alors, jouait à la Bourse. Il avait gagné, il avait perdu.

Bonjour, Siméon, dit-il, tu vas bien? Tu es très gras. Prête-moi vingt francs. Nous dînons ensemble.

Après le dîner, Rémond conduisit son ami dans un petit théâtre. On jouait une féerie, où figuraient des dames peu vêtues.

— Oh! Oh! dit Siméon.

— Eh bien, quoi? dit Pichard.

— Rien, dit l'autre.

.Mais il sortit en prétextant qu'il avait oublié son mouchoir au restaurant, et il ne donna point son adresse à Rémond Pichard.

Cependant il étudiait le droit romain. Il apprit le Digeste par cœur. Il tenta plusieurs examens et fut admis, avec miséricorde.

Il retourna chez l'ancien ami de son père.

— C'est moi, je suis avocat.

— Hein? dit l'administrateur, je ne vous connais pas. Qui êtes-vous?

— Siméon Charlerie, balbutia le jeune homme.

— Ah! ah! oui, je sais, Siméon Charlerie. Eh bien! qu'est-ce que vous me voulez?

Siméon, épouvanté, chercha la porte des yeux.

— Je devine, un emploi? Vous croyez qu'il suffit d'être avocat pour obtenir un emploi? C'est une erreur, mon jeune ami. Enfin, j'essaierai de faire quelque chose pour vous. Voulez-vous une place d'expéditionnaire? Il y a une vacance, profitez-en.

Siméon en profita, et fut dès lors le plus heureux des hommes.

Il ne lui était pas nécessaire de penser. Il était un des mille ressorts d'une mécanique. Né automate, il se mouvait avec la joie de ne point avoir à préméditer ses mouvements. Le métier d'expéditionnaire était précisément celui qu'il lui fallait: copier, c'est une façon d'obéir.

Dès le jour, il quittait le lit. Après avoir arrêté le réveille-matin qui lui avait enjoint de se lever, il nettoyait lui-même sa petite chambre, faisait cuire des œufs à la flamme d'un fagot, achevait quelque besogne pressée qu'il avait apportée des bureaux afin de ne point demeurer oisif, puis, confortablement vêtu, un parapluie à la main, il sortait content. Il n'avait pas une seule fois soulevé le rideau de sa fenêtre pour voir s'il y avait du soleil dans le ciel. En chemin, lorsque l'heure du travail n'était point venue encore, il lisait les affiches, non pas celles des théâtres, mais celles où il était question de ventes d'immeubles. Dès qu'il y trouvait un mot dont jusqu'à ce moment l'orthographe lui avait paru douteuse, il se hâtait de le copier sur une page de son portefeuille afin de pouvoir à l'occasion l'écrire correctement. La journée était tranquille ; il se complaisait dans l'ornementation des lettres capitales. On le félicitait souvent de sa belle écriture ; il était très sensible à cette congratulation. On lui promit de l'avancement. Le dimanche il s'ennuyait ; il se promenait dans les rues en lisant les affiches, non loin du bureau fermé.

Un jour (il n'était plus expéditionnaire, mais employé), M. Fauvel, son sous-chef, l'invita à dîner.

C'était une faveur. Siméon s'enorgueillit juste-

ment, et ne manqua pas de revêtir le frac noir de
M. Charlerie, percepteur. Ce sous-chef était un
sexagénaire qui venait d'épouser une toute jeune
femme assez jolie. Il reçut Siméon avec paternité,
lui prédit un bel avenir dans l'administration, le
recommanda à la sympathie de madame Fauvel,
et le contraignit à manger trois fois de chaque
plat.

— Oui, mon jeune ami, disait-il, vous serez un
jour sous-chef comme moi. Clémence, je crois
que M. Charlerie reprendrait volontiers un peu
de poulet?

Siméon était repu, tant il avait consenti aux
instances de son supérieur: mais il eut crevé dans
sa peau plutôt que de refuser une aile de volaille
offerte par les petits doigts roses de madame Fauvel, qui lui souriait.

Dès ce jour-là, Siméon Charlerie fut amoureux.
Il était temps! Mais il fut amoureux sans le
savoir. Si quelqu'un était venu lui dire : Vous
adorez madame Fauvel, il eût été prodigieusement
surpris.

Pourtant il se serait fait tuer pour elle. Il ne
rêvait plus d'un chat croqué par un moineau; il
voyait chaque nuit madame Fauvel, souriante,
lui offrir une aile de volaille. Il se souvenait des
moindres paroles de la jeune femme. « Julie,
vous servirez le café dans le salon », était une

5.

phrase qu'il avait incessamment dans les oreilles.

Le sous-chef, vantant sa femme, avait dit qu'elle s'entendait fort bien aux choses de la cuisine, et qu'elle excellait surtout dans l'art d'apprêter les macaronis à la napolitaine. Siméon dîna tous les jours dans un restaurant italien et ne mangea plus que du macaroni.

Le matin, avant d'aller au bureau, il se promenait sous les fenêtres de son sous-chef. Le dimanche, il ne s'ennuyait plus, guettant madame Fauvel à l'heure de la messe, puis à l'heure des vêpres. Il la suivait à l'église, mais il ne l'y regardait pas, parce qu'il était très pieux.

Quelquefois il dînait chez son supérieur. Ces jours-là, il sortait de table ébloui et repu : il se croyait ivre.

Pendant qu'il travaillait au bureau, il se berçait dans des rêveries moins informes. Un jour, il écrivit le mot : « Clémence » en copiant un rapport ministériel ; il l'orna si magnifiquement de paraphes multicolores et de traits délicats que, lorsqu'il remit le rapport à M. Fauvel, celui-ci s'écria :

— Voilà un mot superbement écrit ! C'est justement le nom de ma femme. Je montrerai cela à madame Fauvel.

Mais, en agissant ainsi, Siméon agissait instinctivement. L'idée qu'il aimait la femme de son

supérieur ne lui était pas même venue. Il ne songeait pas à se demander pourquoi il faisait maintenant ce qu'il ne faisait pas auparavant. Incapable
encore de discerner les choses de la passion d'avec
celles du devoir, il suivait madame Fauvel à l'é-
glise, méthodiquement, comme il allait au bureau.

Quelques années s'écoulèrent. Siméon fut
nommé commis principal. M. Fauvel mourut tout
à coup d'une fluxion de poitrine. La veuve n'avait
pas plus de vingt-cinq ans. Un jour, elle pria
Siméon de lui offrir le bras pour aller à l'église.
Elle était très jolie. Elle avait une petite figure
blanche et rose qui avait l'air d'une pomme.

Siméon endossa le frac précieusement conservé
de son père. Il osa demander à madame Fauvel
si elle ne se remarierait pas un jour.

— Le défunt était sous-chef, dit-elle.

Siméon, dès lors, fut ambitieux. Il entrevoyait
vaguement dans l'avenir un inappréciable bonheur.
Etre sous-chef, être le mari de la jolie veuve, ces
deux rêves le hantèrent.

Après plusieurs années d'attente, le premier se
réalisa; quant au second, Siméon tremblait. Les
yeux de madame Fauvel semblaient quelquefois lui
demander : « Eh bien ? » mais il n'avait garde de
leur répondre.

— Allons, lui dit-elle un jour, je crois que
vous me rendrez heureuse.

Le jour du mariage à l'église, le trouble de Siméon fut tel que, au moment où sa femme prononçait : oui, il s'évanouit, parce qu'il avait entendu : non.

Le bonheur, ce royaume divin, est aux pauvres d'esprit. Siméon vécut à genoux, dans l'extase. Il regardait sa femme et riait. Il lui prenait la tête et disait : C'est à moi ! Il ne comprenait pas comment il pouvait se faire qu'il fût le mari de cette grâce et de cette beauté. Quand il sortait, il lui volait des gants ou un mouchoir pour les respirer en chemin. Il était devenu si bon, que madame Charlerie était obligée de s'opposer à ce qu'il emportât de l'argent : il donnait tout aux mendiants des rues. Il ne savait qu'imaginer pour la divertir. Il pensait qu'il n'était pas beau et qu'il fallait la rendre très heureuse pour qu'elle ne s'ennuyât pas de vivre, elle si charmante, avec lui vilain. Il devenait ingénieux; il apprit le langage des fleurs afin de lui apporter chaque jour un bouquet symbolique.

Madame Charlerie le regardait faire, avec douceur. Elle l'embrassait chaque fois qu'il revenait du bureau et l'appelait : « Mon bon Siméon ! »

Siméon lui disait :

— Que veux-tu? je suis plus heureux que les saints du paradis. Si tu as envie de quelque chose,

il faut me le dire. Tu ne me trouves pas trop laid,
ni trop bête ?

Il ajoutait :

— Tiens, je t'ai apporté des boucles d'oreilles
en corail.

Et, pendant qu'elle les admirait, lui, à genoux,
la tête renversée comme un ours câlin, il baisait
le dedans d'une jolie main potelée.

Leur appartement était petit et bien clos. On
voyait luire l'acajou frotté des meubles. Tout était
neuf et gai. Sur une pendule de bronze doré, deux
pigeons se becquetaient, les ailes entr'ouvertes.
En les regardant, Siméon se frottait les mains.
Les fenêtres aux vitres claires aimaient le soleil et
laissaient par instants courir sur le parquet l'ombre de quelques branchages, car non loin d'elles
se balançaient les arbres d'un grand jardin. Des
oiseaux quelquefois pépiaient sur le rebord d'une
croisée. Paris, dans ses vieilles rues, a de ces coins
rieurs où le printemps séjourne.

Madame Charlerie aimait beaucoup la maison
où ils logeaient, parce que les escaliers avaient les
murailles lisses et qu'ils étaient toujours bien cirés.
Quant à Siméon, il était ravi des nombreuses
glaces qui décoraient les chambres : il pouvait
voir sa femme de plusieurs côtés à la fois. Peu à
peu, pour qu'elle s'y plût, il avait orné l'appartement de mille babioles. On voyait sur les chemi-

nées de petits paniers en coquillages, des pots en
porcelaine blanche, peinte de papillons, et des
coupes d'onyx, où il planta des oignons de tulipe.
Enfin tout souriait : il y avait de la bonne humeur
dans les tentures de perse fleurie, du bien-être
dans les canapés bien rembourrés, de l'appétit
dans les plats de ruolz qui scintillaient sur le
dressoir de la salle à manger. Siméon disait, en
prenant sa femme par la taille : « C'est un nid. »

Le dimanche, quand il y avait du soleil, ils
allaient à la campagne. Elle avait une robe de
mousseline comme une jeune fille, et un chapeau
rose sur des bandeaux plats. Il lui demandait :
« M'aimes-tu ? » Ils prenaient le train pour Meudon ou Ville-d'Avray. Comme elle adorait les
lilas, il en cassait des branches qui dépassaient
les murs. Ils déjeunaient sous un arbre. Il lui
racontait des histoires qu'il avait lues autrefois
dans les livres. Il lui expliquait, afin de paraître
très savant, qu'il y a des rivières dans toutes les
vallées et qu'on trouve des coquillages sur les
plus hautes montagnes. Puis, quand il ne passait
personne, il lui prenait les mains, et, en levant
les yeux, il s'écriait :

— Tu es belle comme le ciel !

Ensuite ils allaient dans l'épaisseur la plus pro-
onde du bois. Ils partageaient par la moitié les
fraises qu'elle trouvait. Il lui montrait les oiseaux;

il lui nommait ceux dont il connaissait l'espèce.

Un jour, elle vit une chèvre blanche avec une barbe noire.

— Qu'elle est jolie! dit-elle.

Il avisa un homme qui faisait paître la chèvre et la lui acheta. Tout le jour, en tirant la bête par un foulard que Siméon lui avait mis au cou, ils coururent avec elle dans les fougères. Le soir, ils furent bien embarrassés, parce qu'ils ne savaient que faire de la jolie bête. Siméon en fit présent à une petite fille dans le cabaret où ils dînèrent.

C'était ainsi qu'ils étaient fous. Son enfance, sa jeunesse, les jeux, les gaietés qu'il n'avait pas connus, il faisait tenir tout cela dans son amour. Il lui suffisait de voir sa femme incliner la tête vers lui pour éviter un fil d'araignée tendu d'un côté à l'autre d'un petit sentier, ou de l'entendre dire : « Comme les branches ont bonne odeur, » pour qu'il adorât Dieu d'avoir fait le printemps ; et, le soir, en revenant de Meudon ou de Ville-d'Avray, il songeait avec délice, en serrant parmi les plis de la jupe la petite main de sa femme : « Nous y retournerons dimanche prochain. »

Il leur naquit un fils. Ce fut un ravissement sans pareil. Siméon, pendant trois jours, répéta : « Un garçon ! un garçon ! » Pour la première fois depuis quinze ans, il demanda un congé, parce qu'il ne lui suffisait pas d'entendre crier l'enfant

toute la nuit. Il le regardait, il le berçait, il disait :
« Clémence, je trouve qu'il te ressemble. » Quelquefois il se dressait tout à coup, et, se regardant dans une glace, il s'écriait : « Le père, c'est
moi ! »

Ce brave homme était ridicule et exquis.

Un matin, son fils entre les bras, il se précipita
vers le lit de Madame Charlerie encore malade,
mais souriante, et demeura immobile, la bouche
ouverte. Evidemment il voulait dire quelque chose,
et les paroles lui faisaient défaut pour émettre la
joie qui était en lui. Sa femme le regardait, étonnée.
Lui, remuait ses lèvres muettes, cherchant des
mots. Tout à coup, après un effort visible de réflexion, il éleva l'enfant vers la malade, et s'écria,
du ton dont on appelle au feu : « *Incipe, parve*
puer, risu cognoscere matrem ! » Sa mémoire d'é-
colier était venue en aide à son amour de père,
et il avait trouvé cela enfin.

— Lui aussi, dit-il après cette expansion, lui
aussi apprendra le latin.

C'est ainsi que tout ce brave cœur, longtemps
inexprimé, s'épanouissait délicieusement en tendresse.

Quand le moment fut venu, il sevra lui-même
son fils. Il excellait à l'emmaillotter. Il supportait
les petites colères du baby avec des patiences de
nourrice. Madame Charlerie disait en riant :

— Tu aimes trop Fernand; je suis jalouse.

— Il répondait :

— Lui, c'est toi!

Cependant Fernand, qui grandissait, traversa un jour la chambre sur ses petits pieds incertains : le père n'en crut pas ses yeux. Il disait à tout le monde : « Mon fils marche, c'est extraordinaire ; il n'a pas encore deux ans: cela ne s'est jamais vu ! »

Bientôt le nouveau Charlerie fut en mesure de se promener dans la rue, comme un homme.

Ce jour-là, qui était un jour d'avril, Siméon acheta pour l'enfant un petit habillement de zouave, l'en vêtit lui-même, et dit à sa femme : « Je trouve qu'il a l'air d'un général. »

Au delà des villes, en des pays lointains, les forêts sont très belles; mais à Paris, les jardins sont charmants. Sans eux, nous ne saurions plus si la nature existe ; en refleurissant, ils nous avertissent de revivre, et ils sont pleins de joie, dès avril, car Paris met tout ce qu'il a d'enfants dans tout ce qu'il a de soleil. La lumière rit dans les branches encore sans feuilles qui s'enchevêtrent sur le bleu du ciel comme d'immenses toiles d'araignées. Les passereaux piaulent en voletant : l'un d'eux veut se poser sur l'épaule d'une petite fille, qui a peur; d'autres marchent familièrement sur les plates-bandes ou sur le sable qui paraît très blanc. Aux premiers jours du prin-

temps, le soleil est si faible qu'il pâlit ce qu'il
éclaire, comme la lune. Quelquefois, de la cime
d'un marronnier, une palombe s'envole, effarée
par le tapage des enfants joueurs, et bientôt se
fond dans le ciel, bleue comme lui. C'est une
heure bénie. Les choses sont satisfaites. L'air est
confiant, il y a de l'espoir dans la clarté; l'enfance
et le printemps font une double aurore.

Dans cette joie des jardins renouvelés, on voyait
passer fièrement Siméon Charlerie, donnant le
bras gauche à sa femme qui riait, blanche et rose,
la main droite à son fils habillé en zouave; et,
dans les yeux sincères de ce brave homme éclatait
le double orgueil honnête d'être le mari de cette
jolie femme et le père de ce bel enfant.

Mais il rencontra Rémond Pichard, un matin,
en allant au bureau.

— C'est lui! s'écria Pichard, le chapeau incliné,
un gros jonc à la main. C'est lui-même! Bonjour,
Siméon. Toujours gros, Charlerie? Tu t'es marié,
je crois? Je parie que ta femme est très jolie.
Embrasse-moi donc, grand niais.

Et Rémond secoua son ami d'une telle acco-
lade que des passants crurent qu'ils se battaient.

— Cette fois, sauvage, tu ne m'échapperas pas,
continua Pichard. Est-ce que tu as déjeuné? Oui?
Eh bien, nous dînerons ensemble? Ce soir, à cinq
heures, chez Bonvalet. Ne manque pas. Prête-moi

cinquante francs. Merci. Tu sais, je suis un ami, c'est toi qui paye. Ce brave Siméon! toujours le même. Plus gras seulement. A ce soir, hein? j'y compte.

— Oui, dit Siméon, vaincu.

Certainement, depuis plusieurs années, depuis son mariage surtout, les idées de Siméon s'étaient éclaircies; muni de quelque expérience, il avait passablement changé d'opinion sur le compte de Rémond Pichard. Il s'avouait que son ancien camarade, avec sa grosse voix et ses gestes turbulents, devait paraître peu recommandable aux gens qui ne le connaissaient point. Madame Charlerie, d'ailleurs, avait coutume de dire : « Cheveux roux, gare aux coups! » Mais, en présence de Pichard, le bon Siméon était incapable d'éprouver autre chose qu'un grand étonnement mêlé d'admiration. Il redevenait l'enfant qu'il avait à peine cessé d'être. Pesant, aux gestes rares, à la parole lente, il s'extasiait des bras levés, des cercles de canne, des crâneries de chapeau ôté et remis, dont Rémond ponctuait les heurts de ses phrases torrentielles. « Quel homme! pensait-il, il avait raison, il est très fort. »

Tout le jour, cependant, Siméon fut morose. Il regardait souvent par la fenêtre le joli square récemment planté où Madame Charlerie venait chaque soir, avec Fernand, l'attendre à la sortie

du bureau. Il songeait : « Que dira ma femme,
quand elle saura que je dîne hors de la maison ?
J'aurais dû refuser. Refuser à Pichard ? c'était impossible. Si j'avais pris, comme à mon ordinaire,
par la rue de Bourgogne, je ne l'aurais pas rencontré. Pourquoi donc ai-je suivi la rue du Bac ?
Ah ! parce qu'on creuse un égout, place du Palais-
Bourbon. Enfin, je ne pouvais pas dire non à
Pichard, qui est mon ami. »

Et quand Madame Charlerie, selon sa coutume,
vint s'asseoir sur un des bancs du petit square, et
fit un signe d'amie à son mari, pendant que Fernand, d'une pelle de bois, creusait le sable d'une
allée, Siméon ne sut lui répondre que d'un sourire assez penaud.

Cependant, il dîna avec Rémond Pichard. Madame Charlerie lui avait dit : « C'est tout naturel :
un ancien ami vous invite à dîner, il n'y a rien
de plus simple ; et puis, tu travailles beaucoup, il
faut bien que tu t'amuses un peu. Va, va, mon
ami. » Siméon avait répondu : « Tu es un ange ! »
Et il avait ajouté : « Donne-moi de l'argent, parce
que je crois que c'est moi qui paierai le dîner. »

— Vois-tu, mon cher, dit Rémond Pichard
après boire, les coudes sur la table, le Bordeaux
est bon, mais le Bourgogne est meilleur. Le vin,
c'est comme les femmes : il y a le Mâcon et le
Médoc, il y a les blondes et les brunes ; le Mâcon,

c'est les blondes ; les brunes, c'est le Médoc. Moi, je préfère les blondes, — et le Mâcon, c'est un goût. J'espère bien que ta femme est blonde ?

— Non, dit Siméon, elle est brune.

— Tant pis ! tu as épousé une brune ? c'est extraordinaire. Je ne sais pas pourquoi, mais cela me contrarie. Moi qui, justement, voulais te demander de me présenter à Madame Charlerie. Car, tu me connais, je suis un bon camarade. Ce qui est à mes amis est à moi.

— Oui, oui, dit Siméon, je te connais.

— Enfin, je ne puis pas t'en vouloir. Je n'étais pas là, tu as agi à ta fantaisie. C'est égal, une brune, c'est bien contrariant !

Et, là-dessus, Rémond Pichard ayant vidé dans son verre le fond d'une troisième bouteille de Bourgogne, sonna pour en demander une quatrième.

— Ah ! les femmes, reprit-il. Toi, tu as toujours été sage, tu ne les connais pas. Mais moi je suis un chenapan, comme on dit. Pour ce qui est des femmes, personne ne peut m'en remontrer. Eh bien, veux-tu que je te dise ? la meilleure ne vaut pas la corde pour la pendre. Au commencement, elles sont douces comme des agneaux. Des Agnès, des Sainte-n'y-Touche. Mais il ne faut pas s'y fier.

— Il y a des exceptions, dit Charlerie.

— Pas une ! S'il y avait au monde une seule exception, est-ce que je ne l'aurais pas rencontrée ?

— C'est vrai, dit Siméon.

— Tu comprends bien que je ne veux pas t'enlever tes illusions. Les illusions, mon ami, — et, en disant ces mots, Rémond Pichard poussa un profond soupir, — les illusions, c'est ce qu'il y a de meilleur dans la vie. Garde les tiennes ! tu feras bien. C'est utile en ménage. Mais enfin, il ne faut pas être trop jocrisse. Je sais bien ce que tu vas me dire. Tu as rencontré ta femme dans sa famille, une famille bien honnête, bien dévote, du Marais ou des Batignolles. Tu lui as fait la cour pendant longtemps, tu as appris à la connaître avant de l'épouser. Tu es bien sûr que jamais, lorsque tu es arrivé, elle n'avait encore levé les yeux sur aucun homme. Bien ! bien ! je connais la chanson. Vous êtes tous les mêmes, vous, les hommes mariés, et il n'y en a pas un d'entre vous qui ne soit prêt à jurer qu'il a trouvé la pie au nid. Va-t'en voir s'ils viennent ! Tiens, veux-tu que je dise ? Les fleurs d'oranger, au fond, c'est des boutons de rose, et joliment épanouis encore !

— Mais, objecta Siméon, il n'y a pas eu de fleurs d'oranger dans mon mariage, puisque j'ai épousé une veuve.

— Une veuve ? eh bien ! il ne manquait plus
que cela. Si tu m'avais consulté, c'est moi qui
t'aurais empêché de faire une pareille sottise. Mais
voilà comment sont les amis ! Ils font à leur
tête, sans consulter ceux qui ont plus de raison
et d'expérience qu'eux, et quand le mal est fait,
quand il n'y a plus de remède, ils viennent se
plaindre par ci, pleurnicher par là : « Ah ! mon
pauvre Rémond, je suis bien malheureux ; si tu
savais... tu ne peux pas t'imaginer... » Eh ! grand
dadais, il est trop tard ; qu'est-ce que tu veux que
j'y fasse maintenant ?

— Mais sapristi ! s'écria Charlerie, qui jurait
pour la deuxième ou troisième fois de sa vie je ne
me plains pas le moins du monde. Ma femme est
une créature du bon Dieu, et je suis le plus heureux des hommes.

— Heureux avec une veuve ? avec une veuve
qui est brune ? Allons donc ! Après tout, c'est
possible. Tu es un homme simple, toi, un esprit
grossier. Tu ne refléchis pas ; tu prends les choses
comme elles font semblant d'être, sans demander
le comment ni le pourquoi. On te dit : « C'est
blanc ; » tu réponds : « C'est blanc. » Moi, c'est
autre chose. J'y vois clair. Puis, j'ai des sentiments
qu'un rien peut froisser. Mon malheur, c'est la
délicatesse. Je ne suis pas un homme, je suis une
sensitive. Si j'avais épousé une veuve, je passe-

rais ma vie sur des charbons ardents. Tu n'as
jamais pensé à cela, toi, qu'une qui a convolé en
secondes noces peut quelquefois se souvenir de
son premier mari ? Oh ! à ta place je serais dévoré
de jalousie. Ne pas pouvoir être regardé amou-
reusement par la femme qu'on aime, sans se dire :
« Elle a regardé l'autre avec ces mêmes yeux ! »
Songer, quand elle vous appelle : « Mon chéri ! »
qu'il y a eu un homme autrefois qu'elle appelait
ainsi ! Tiens, rien que d'y penser, j'ai le frisson.
Il est vrai que tout le monde n'est pas taillé sur
mon patron. Je te l'ai dit, j'ai un malheur : la délicatesse. Il y a des gens — tu en es un exemple —
qui ont épousé des veuves et qui vivent tran-
quilles. Des niais ! Mais ils sont heureux, surtout
quand ils n'ont pas d'enfants.

— Heureux quand ils n'ont pas d'enfants !
Qu'est-ce que tu me dis là, Pichard ! C'est depuis
que mon petit Fernand est né que la vie est pour
moi un véritable paradis. Il a quatre ans ; c'est un
petit ange, spirituel comme un diable. Je l'habille
en zouave, le dimanche, lorsque nous allons aux
Tuileries. Tu ne peux pas t'imaginer comme il
est joli dans ce costume-là.

— Un enfant ! dit Rémond Pichard ; il a un
enfant !

Après ces paroles, il se leva, — avec lenteur,
car le Bourgogne avait quelque peu alourdi ses

jambes, — fit le tour de la table, s'approcha de Siméon, qui le suivait d'un regard étonné, lui prit amicalement la tête entre ses mains, et, en la balançant de droite à gauche, puis de gauche à droite d'un air paterne et miséricordieux, il reprit avec attendrissement : « Un enfant ! il a un enfant ! pauvre ami ! »

— Ah ! ça, qu'est-ce qui te prend ? s'écria Charlerie en dégageant sa tête. Oui, j'ai un enfant, et j'espère en avoir un autre, et un autre encore. Quel malheur y a-t-il là dedans, et pourquoi me regardes-tu avec cet air désespéré ?

Rémond Pichard regagna sa place et s'assit lourdement en répétant tout bas : « Pauvre ami ! Pauvre Siméon ! »

— Tu m'ennuies à la fin ! Que veux-tu dire avec ton « Pauvre ami ? »

— Oh ! rien, rien du tout.

— Voyons, tu dois avoir une idée. Je te connais, tu as toujours des idées.

— Cela, c'est vrai, dit Pichard.

— Eh ! bien, explique-toi.

— Non, c'est inutile. Qu'est-ce que je veux, moi ? ton bonheur ; tu es heureux, je suis content. Parlons d'autre chose, cela vaudra mieux. J'en ai déjà trop dit, Je te demande pardon. Tu sais, quelquefois on se laisse aller à penser tout haut, et puis on a du regret, parce que, sans y prendre

6

garde, on a fait de la peine à un ami. Je te le
répète, parlons d'autre chose. D'ailleurs, ce n'est
pas vrai peut-être. Je l'ai entendu dire, voilà tout.
Il est prudent de ne croire que ses propres yeux,
et encore, malgré cette précaution, on se trompe
bien souvent. Je suis un saint Thomas, moi.
Quant à ce que je pensais, je ne sais même plus
qui me l'a raconté. Tu vois que ce n'est pas bien
sérieux. Ah! si, je me rappelle, c'est un chasseur
qui m'a expliqué la chose. Ne te fie pas aux
chasseurs! Ils ont toujours tué une demi-douzaine
de lièvres avant d'avoir fait quatre pas dans la
plaine. Ajoute que le chasseur en question est né
en Gascogne. Les Gascons, je te conseille de ne
jamais t'inquiéter de leurs hâbleries. Il avait une
chienne, celui-là, une magnifique bête, ma foi!
une épagneule toute noire. Tu juges s'il veillait
sur elle! Mais, bah! elle avait une intrigue avec le
chien d'un métayer, un affreux roquet à poils ras.
Si mon chasseur tordit le cou aux petits, je n'ai
pas besoin de te le dire. Et de surveiller son épagneule, et de lui donner un compagnon de la
race la plus pure, ah! bien oui, il perdit sa peine.
Bien que la mère n'eût jamais revu son premier
amoureux, tous les nouveaux petits ressemblèrent
à s'y méprendre à l'affreux roquet du métayer.
Mon chasseur était furieux, mais les paysans lui
affirmaient que le fait était tout naturel, et que la

chose se passait toujours ainsi. Tu vois que c'est un conte à dormir debout. Et puis, qu'est-ce que cela prouverait? Quel rapport y a-t-il entre une épagneule et une femme? Voilà une bonne folie de s'imaginer, lorsqu'on a épousé une veuve, que les enfants qu'on a ressemblent à son premier mari. Je te reconnais bien là. Tu cherches, tu fouilles, tu te travailles, tu questionnes, et quand on te répond, par bonté d'âme, qui est-ce qui est attrapé? C'est toi.

Siméon Charlerie s'était levé, très pâle, et montrant le poing à son ami :

— Tu es un mauvais cœur, Rémond Pichard! cria-t-il en balbutiant. Je ne t'ai rien demandé, je n'ai rien voulu savoir, et voilà une heure que tu essayes de me mettre dans l'esprit de mauvaises pensées et de me torturer. Je te connais maintenant. Tu ne m'as jamais aimé. Je suis heureux, cela te fait de la peine. Tu es envieux. Mais je ne te crois pas, et je ne veux plus te voir, méchant, méchant, méchant homme!

Et Charlerie, brusquement, prit sa canne et son chapeau, ouvrit la porte et s'enfuit comme quelqu'un qui a peur. L'autre le suivit, en se retenant au mur, et cria dans l'escalier : « N'oublie pas de payer l'addition, en passant, puisque tu m'as invité! »

Siméon rentra dans son bonheur et dans son

repos. L'été vint. Ce fut le moment de renouveler
les escapades adorables à Meudon et à Ville-d'A-
vray. Maintenant ils étaient trois. C'est charmant d'être mari ; être mari et père, c'est divin.
Il y a des liqueurs quintessenciées dont une seule
goutte suffit à développer extraordinairement les
saveurs latentes d'un breuvage ; un enfant qui
s'ajoute à un couple produit un effet analogue. Ils
étaient moins fous, moins rieurs, mais ils étaient
plus heureux. Leur joie, plus intense, était plus
paisible, comme une eau, plus profonde, est plus
calme. Ils parlaient moins, pour entendre bégayer
l'enfant. Ce silence attentif des parents se retrouve
en partie dans la nature : les femelles des oiseaux,
qui couvent les nids bavards, ne chantent pas. Ils
écoutaient gazouiller leur vie, recommencée dans
cette enfance. Siméon grimpa aux arbres afin
d'amuser Fernand encore trop petit pour le suivre. Il se faisait le joujou de son fils. Si l'enfant
avait voulu ouvrir sa grande poupée pour voir ce
qu'il y avait dedans, il se serait laissé faire. Une
fois, on raconta devant lui l'histoire du pélican
qui se déchire les entrailles pour nourrir ses
petits ; il n'admira même pas : mourir pour ses
enfants lui paraissait aussi naturel que de vivre
pour eux.

Au retour des promenades à travers champs,
c'était lui qui portait dans ses bras le petit homme

endormi. Il se plaignait des cahots de la voiture, parce qu'ils secouaient Fernand et lui faisaient ouvrir ses jolis yeux, après que le « marchand de sable » était passé. Rentré, il le couchait, bordait le lit, lui faisait répéter une prière, le baisait au front, sur les yeux, sur la bouche, et ne pouvait point quitter ce coin de paradis où son ange reposait. Puis il venait, timidement, — il n'avait jamais cessé d'être timide, — dans la chambre où Madame Charlerie l'attendait en se déshabillant. Il lui prenait les mains, il la regardait avec un air de profonde reconnaissance. Tout son bonheur, c'était d'elle qu'il le tenait. Il craignait toujours qu'elle ne sût pas assez combien il avait pour elle d'amour et de gratitude. Quelque temps après la naissance de Fernand, il avait imaginé, lui si naïf, si simple, si niais même, il avait imaginé une chose exquise : il n'appelait plus sa femme Clémence, il l'appelait Fernande.

Une nuit, c'était vers le commencement de l'hiver, Siméon s'éveilla brusquement. Ces sursauts, qui agitent quelquefois les personnes nerveuses, étaient tout à fait inconnus au lymphatique Charlerie. Il a dit depuis qu'il avait cru recevoir deux petits coups sur la tempe, comme si quelqu'un avait frappé à la porte de son esprit. Il se dressa sur son séant et regarda dans l'ombre. L'obscurité étant parfaite, il ne pouvait rien voir,

6.

il distingua quelque chose pourtant : devant lui, à très peu de distance, presque entre ses deux yeux, dans une sorte de cadre grand comme celui d'un portrait-carte, une petite cascade ébouriffée s'enchevêtrait péniblement parmi des broussailles. Il y avait très longtemps qu'il n'avait eu cette vision. « Oh ! se dit-il, est-ce que je suis malade ! » Il replaça sa tête sur l'oreiller ; la toile lui sembla brûlante. Il tourna plusieurs fois dans le lit, espérant trouver à droite le sommeil qu'il n'avait pas trouvé à gauche. Il ne sentait aucune douleur précise. Un serrement de cœur, lent, progressif, continu, une grande chaleur au front, c'était tout. Il ne pensait pas à son fils, et cependant il s'entendit répéter deux ou trois fois, sans raison : « Fernand, Fernand. »

Madame Charlerie, avec un peu d'humeur, lui dit :

— Tiens-toi donc tranquille, tu m'empêches de dormir.

Il fit alors des efforts inouïs pour demeurer immobile. Il tendait solidement les bras et les jambes, et pensait : Je ne bougerai point. Mais vainement : il tournait encore. Qu'était-ce donc qu'il avait ? Il ne songeait à rien, et il était comme s'il eût été en proie à un souci dévorant. Sans avoir aucun sujet de chagrin, il était envahi par un désespoir intense. Chose explicable dans cette nature où les idées se formulaient obscurément, lentement, il éprouvait l'effet avant d'avoir démêlé la cause. Une fois, il s'écria : « Mais il est parti pour l'Amérique ! » Et il ajouta : « Qui donc est parti ? Il ne se rendait pas compte qu'il pensait à Rémond Pichard qui était allé, en effet, chercher fortune à Philadelphie.

Tout ceci, d'ailleurs, avait lieu dans le vague d'un demi-sommeil fiévreux.

Le matin, il était très fatigué. « Ne vas pas au bureau, » lui dit Madame Charlerie. Il répondit : « Il vaut mieux que je n'y aille pas, tu as raison. » Il s'assit dans un fauteuil, et demeura sans mouvement. Ses idées étaient un peu moins troubles qu'elles ne l'avaient été pendant la nuit; il comprenait qu'une mauvaise pensée lui était venue en songe, et l'avait éveillé. Mais il ne se rappelait son rêve que très confusément. Sûrement, il s'agissait de Rémond Pichard et de Fernand. Que pouvaient avoir de commun Fernand et Rémond Pichard ? Au déjeuner il mangea peu, et ne parla point d'abord, mais tout à coup, Madame Charlerie ayant, par hasard, en racontant une histoire de sa jeunesse, prononcé le nom de M. Fauvel, son premier mari, le bon et gros visage de Siméon s'épanouit en une large grimace de joie.

Ah! Ah! s'écria le brave homme en se renver-

sant sur le dossier de son fauteuil, je comprends !
je comprends !

Et il poussa un éclat de rire si joyeux, si
bruyant, si sincère que Madame Charlerie et Fernand ne purent s'empêcher de faire comme lui.

— Je me rappelle maintenant, continua Siméon
en s'interrompant à chaque parole pour rire à
gorge déployée, j'ai rêvé à ce que m'a dit Rémond
Pichard. Faut-il que je sois bête pour m'être sou-
venu des paroles de ce gredin, la nuit, en dormant ? C'est égal, je suis bien heureux de savoir
à quoi m'en tenir. Je me croyais malade. Ce bon
M. Fauvel ! je l'aimais de tout mon cœur. C'est
que, véritablement, Pichard, avec ses bêtises,
aurait pu me faire beaucoup de mal si j'avais été
un esprit faible. Mais, Dieu merci, j'ai du bon
sens. Viens m'embrasser, mon fils ! embrasse-moi,
Fernande ! Et puisque je ne vais pas au bureau,
nous allons prendre une voiture et nous irons nous
promener au bois de Boulogne !

Cette journée fut une des plus heureuses de Siméon Charlerie. Il riait à tout propos. Au milieu
des Champs-Élysées, il sauta au cou de sa femme
et la baisa sur les deux joues devant le monde.

Quelquefois, il se surprenait à regarder son fils,
trop longtemps, trop fixement. « Ah ! ça, disait-
il alors, est-ce que je perds la tête, moi ? Quel
gredin que ce Pichard ! »

Et il riait à se tordre.

— Mais enfin, qu'est-ce que tu as donc? lui demandait Madame Charlerie.

Il répondait :

— J'ai ma femme et mon fils!

Et il était très content.

Ce fut son dernier jour de bonheur complet. La mauvaise pensée était en lui. D'abord, elle ne lui revint qu'à d'assez longs intervalles; le mal n'était alors qu'intermittent. Mais ces retours, quoique peu fréquents, répandaient de la tristesse sur les moments même où il ne songeait pas à cela. Il parlait moins, jouait plus rarement avec Fernand; quelquefois le soir, avant de s'endormir, il oubliait d'embrasser Madame Charlerie.

— Comme tu es devenu sérieux! lui disait sa femme.

— C'est que je prends de l'âge, répondait-il.

Il n'avait que quarante ans.

Lui-même, à vrai dire, il ne s'imaginait pas qu'une idée pût avoir tant d'influence sur un homme, et il était sincère en disant qu'il était devenu sombre parce qu'il était devenu vieux. Quand ce qu'il appelait une « marotte » lui venait à l'esprit, il était ennuyé, non effrayé; il murmurait : « N'y pensons plus; » et il croyait qu'il n'y penserait plus.

Jusqu'à présent, d'ailleurs, l'idée ne s'était pas

faite sienne. Elle tenait encore à Rémond Pichard, de qui il la tenait, et l'aversion que lui inspirait maintenant son ancien camarade l'aidait à résister plus vivement à l'obsession dont Pichard avait été la cause première.

Il se répétait souvent : « Le menteur n'a pu dire qu'un mensonge. Il a voulu me faire de la peine, mais je ne suis pas assez idiot pour lui donner le plaisir de m'avoir rendu malheureux. Ce qu'il m'a conté n'a pas le sens commun. Il est impossible que Fernand ressemble à M. Fauvel ; je consulterai un médecin. Les médecins en savent plus long que les chasseurs, je suppose. Et puis, où serait le mal ? Quand même Fernand ressemblerait à M. Fauvel, il n'y aurait pas là de quoi se pendre. Est-ce que cela empêcherait ma femme d'être ma femme, et mon fils d'être mon fils ? C'était un très brave homme que le premier mari de ma femme ; — et puis il ne lui ressemble pas, il ne lui ressemble pas le moins du monde, je le sais bien peut-être, puisque c'est à Clémence qu'il ressemble ! »

Il ne disait plus Fernande.

D'ailleurs, il n'avait pas cessé d'être amical pour sa femme, tendre pour son fils. En apparence, c'était le même homme, plus grave seulement. Madame Charlerie ne remarquait pas les regards qu'il jetait quelquefois, à la dérobée, sur Fernand.

Un dimanche, il n'était pas sorti, madame Charlerie, entrant dans le salon pour lui dire qu'elle allait rendre une visite à une amie, le surprit qui refermait vivement une armoire.

— Que cherches-tu donc? lui demanda-t-elle.

— Rien, un livre, dit-il.

— Il rougit, parce qu'il mentait. Mais elle ne s'aperçut pas de son embarras, et, prête à sortir, elle lui offrit son front à baiser.

— Tu n'emmènes pas Fernand?

— Non.

— Tant mieux.

— Pourquoi?

— Parce que nous jouerons ensemble.

Elle sourit et s'en alla.

Ce n'était pas un livre que Siméon cherchait. Il se souvenait qu'il avait vu autrefois, il ne savait où, un portrait de M. Fauvel. Il voulait le revoir. Il se rappelait très bien les traits de son ancien sous-chef: il était convaincu qu'il n'y avait entre eux et ceux de Fernand aucun point de ressemblance; pourtant, il n'aurait pas été fâché de s'en assurer mieux encore. Ainsi, il en était à avoir besoin de preuves! Mais, ce portrait, où pouvait-il être? Il fureta dans tous les coins, sans succès; il demanda à la domestique :

— Madeleine, est-ce que vous n'avez pas vu
un tableau avec un cadre noir?

Il n'osait pas dire un portrait.

— Qu'est-ce qu'il représente votre tableau?

— Un vieux Monsieur, qui est décoré.

Il n'osa pas nommer M. Fauvel, que Madeleine
avait connu cependant.

— Je ne l'ai pas vu, dit Madeleine.

Elle retourna à ses fourneaux.

— C'est le portrait de papa Fauvel que tu
cherches? demanda Fernand qui jouait sur le
tapis, dans un coin du salon.

— Quoi? Qu'est-ce que tu dis? Qu'est-ce que
c'est que le papa Fauvel! cria Siméon en bondis-
sant vers son fils.

— Papa Fauvel, tu sais bien, c'est le mari de
maman.

Siméon se laissa tomber sur un fauteuil; il
avait tout le visage en sueur. Il se rappelait que
lui-même naguère, avait coutume de dire « papa
Fauvel; » que l'enfant ne faisait que répéter ce
qu'il avait entendu dire; malgré cela, ces quelques mots lui bouleversèrent le cœur, et il s'écria:

— Il faut absolument que je trouve ce portrait!

— Il est dans ma chambre, sur la planche au-
dessus de mon lit, dit l'enfant; il doit joliment
s'ennuyer tourné du côté du mur.

Quelques secondes après, Siméon Charlerie,

assis sur le tapis, devant la fenêtre, tenait son fils d'une main et de l'autre le portrait de M. Fauvel.

— Aucun rapport! aucun... Ah! ah! est-ce que mon Fernand a le nez rond comme une pomme de terre! Pas du tout. Viens, mon fils, que je t'embrasse ton nez. Fernand est blond, d'ailleurs. Gredin de Pichard! Et cette bouche! pas la moindre ressemblance, rien, rien!

Le regard de Siméon ne cessait d'aller du visage jaune du portrait à la face rose de Fernand.

— Dans la forme des yeux, peut-être, il y a quelque chose. La couleur, par exemple, est tout à fait différente. Mon fils a les yeux bleus, comme Clémence, et les yeux du portrait sont... Ah! çà, on dirait que les yeux du portrait sont bleus maintenant? Non, c'est le jour qui me trompe. Je me souviens que M. Fauvel avait les yeux gris. Quant au front, je ne sais que penser. Les bosses au-dessus des sourcils, est-ce que Fernand les a? Oui, il les a! C'est singulier, tout à l'heure, je ne trouvais aucune ressemblance, et puis, en observant mieux...

Le pauvre homme, à force de regarder, en était arrivé à ne plus voir.

— Mais je suis fou! je suis fou! cria-t-il en se prenant la tête à deux mains; puis, attirant son fils sur sa poitrine, il sanglota longtemps dans les cheveux de l'enfant étonné.

4

Trois mois s'écoulèrent; Siméon maigrissait; il n'avait plus ce visage gras et doux où aucune inquiétude n'avait jamais tracé de rides. Depuis quelque temps il parlait peu; il en vint à ne plus parler du tout. Madame Charlerie remarqua enfin la façon étrange, presque mauvaise, dont il regardait Fernand quelquefois. Il dormait mal. Il se fit établir un lit dans le salon. Une nuit, madame Charlerie, à travers la cloison, l'entendit pleurer et crier à plusieurs reprises : « Frappant! c'est frappant! » Elle se leva et accourut. Siméon, debout, en chemise, marchait à grands pas. Dès qu'il la vit, il se précipita vers un coin du salon et se tint, comme pour le cacher, devant un objet carré qui était appuyé au mur.

— Va-t-en! va-t-en! cria-t-il; mais va-t-en donc, madame Fauvel!

La pauvre femme eut peur. C'était la première fois qu'il lui parlait avec dureté.

— Pourquoi m'appelles-tu madame Fauvel? dit-elle en pleurant.

Il courut à elle et la prit dans ses bras.

— Je suis un méchant! Clémence! Fernande, pardonne-moi!

Elle le crut guéri; mais le lendemain, de tout le jour, il ne prononça pas une parole.

L'idée fixe, dans cet opaque et paisible esprit,

c'était comme, sur l'eau d'une mare, une grosse
araignée qui se débat, patauge et s'enfonce.

D'autres malheurs survinrent. Un jour, madame Charlerie décacheta, sans prendre garde à
la suscription, une lettre adressée à son mari.
Cette lettre venait du ministère. Siméon y était
informé que, par suite de ses absences d'abord
fréquentes, et maintenant continuelles, on avait
été obligé de pourvoir à son remplacement. Comme
madame Charlerie, stupéfaite, achevait sa lecture,
elle entendit dans l'escalier le pas de son mari, et
s'élançant vers la porte qu'elle ouvrit brusquement :

— Est-ce que c'est vrai ? dit-elle en lui montrant le papier.

Siméon devint affreusement pâle ; il n'osa dire
ni oui ni non, se prit à trembler de tous ses membres, puis redescendit, sortit en courant, et ne
rentra que lorsqu'il supposa sa femme couchée et
endormie.

Depuis longtemps, en effet, Siméon n'allait
presque jamais à son bureau. Assis devant sa
table, immobile, il ne pouvait résister à l'envahissement toujours plus intime de la mauvaise
pensée .En marchant, il réfléchissait moins et, par
conséquent, souffrait moins.

Après sa destitution, il resta peu à la maison
parce qu'il craignait les reproches de sa femme ;

des courses sans but, d'un bout à l'autre de la ville, occupèrent toutes les heures de sa journée. Il marchait droit devant lui, heurtant les passants, n'évitant les voitures que par instinct. Ses lèvres remuaient et il se parlait tout bas. « Ce n'est pas mon fils. Je n'ai pas de fils. C'est le fils de l'autre ! » Une fois un coup de vent lui emporta son chapeau, il ne s'aperçut même pas qu'il avait la tête nue. « Je n'aurais jamais cru que cela fût possible, mais c'est vrai. Les savants doivent pouvoir expliquer cela. Hier, surtout, il lui ressemblait affreusement. Quand il est venu m'embrasser, j'ai eu peur. » Le sentiment qui était en lui demeurait obscur. Il ne démêlait pas bien pourquoi cette ressemblance le faisait souffrir, mais il souffrait. Quand il rentrait, le soir, il marchait à pas de loup, espérant qu'on ne l'entendrait pas, et il essayait de se glisser sans être vu dans le salon où était son lit. Mais madame Charlerie le guettait.

— Voyons, Siméon, parle-moi; tu es malade, qu'as-tu ?

Il répondait :

— Oui, oui, j'ai la migraine, mais cela se passera.

Et il se mettait à marcher à grands pas dans l'appartement. Sa femme insistait.

— Ne veux-tu pas voir Fernand avant de te coucher ?

Il marchait plus vite, et disait :

— Je le vois ! je le vois toujours !

Ou bien il s'arrêtait et fondait en larmes. Quand il pleurait il se trouvait moins malheureux.

L'argent manqua bientôt. Ils ne possédaient rien. Ils avaient vécu des appointements de Siméon ; la place perdue, ils restaient sans ressources. Madame Charlerie hasarda quelques remontrances :

— Tu devrais, dit-elle, aller voir le ministre.

Il lui répondit :

— Si M. Fauvel vivait encore, il me recommanderait.

La pauvre femme, bien qu'elle fût très loin de soupçonner la nature du mal qui rongeait Siméon, sentit qu'il y avait dans cette réponse quelque chose qui rendait toute réplique inutile. Elle se tut et se résigna. D'ailleurs, elle éprouvait devant son mari cette sorte d'étonnement qu'inspirent les fous et qui est plus voisin qu'on ne pense de l'admiration. Elle était impressionnée par l'étrangeté de Siméon, bien plus qu'elle ne l'avait été par sa candeur et par sa bonhomie. Elle devenait silencieuse. Aussi, entre le père qui ne parlait pas et la mère qui parlait peu, l'enfant se fit taciturne. Ce ménage, si joyeux naguère, était lugubre.

Ces trois personnes allaient, venaient, sortaient, rentraient sans s'adresser une parole ou un regard. Fernand, d'ordinaire, se blottissait sous une table et ne bougeait point, surtout quand Charlerie était là. Il comprenait instinctivement qu'en présence de son père il devait exister le moins possible. Il avait fallu renvoyer Marianne parce qu'on ne pouvait plus la payer. Il y avait un bureau auxiliaire du Mont-de-piété dans la rue qu'ils habitaient; les voisins virent entrer madame Charlerie dans le long couloir où, naguère, en passant, elle n'osait pas jeter les yeux. Les armoires, en peu de temps, furent vides. Un jour, madame Charlerie emporta sous son châle un objet assez volumineux qui faisait bosse; e'était la pendule en bronze doré, où deux pigeons se becquetaient les ailes entr'ouvertes.

Siméon ne remarqua même pas la disparition de cette chose jadis aimée, et qui, longtemps, lui avait semblé le symbole de son bonheur. Il assistait avec indifférence à la ruine de tout ce qui avait été son orgueil et sa joie. Il ne voyait pas que l'appartement se démeublait peu à peu; que madame Charlerie portait une vilaine robe sombre de molleton à carreaux, elle jadis si coquette et si pimpante, et que Fernand, qu'il n'habillait plus en zouave, avait des culottes déchirées au genou, qu'on ne reprisait pas. Lui-même, qui prenait autrefois grand soin de sa personne, il était pauvrement vêtu ; il avait un habit d'été, usé et sale, pour courir sous la pluie d'hiver. Il y avait quatre mois qu'il ne s'était rasé. Cette barbe qu'il laissait pousser pour la première fois, et qui était grisonnante et dure, ses cheveux en désordre, ses yeux jadis si placides, où s'allumait maintenant un regard fixe et farouche, ses joues creusées, à la peau jaunie par la bile, lui donnaient un air qui souvent effrayait madame Charlerie.

D'ailleurs, il devenait brusque. Un jour, sans raison, après l'avoir longuement regardé, il prit Fernand par l'épaule, et de l'autre main, lui donna un soufflet. Dans la maladie morale de Siméon, la crise approchait. Une chose qui étonna beaucoup madame Charlerie, c'est qu'un jour en cherchant dans une armoire une paire de draps qu'elle voulait vendre, elle trouva le portrait de M. Fauvel, déchiré, déchiqueté, en pièces ; elle crut voir des traces de dents dans les lambeaux de toile qui pendaient çà et là. D'abord elle éprouva quelque inquiétude à ce sujet. Puis, indifférente aussi, elle se dit : « Ce sont les rats. »

Un matin, ils reçurent une lettre : on les invitait à dîner.

— Nous n'irons pas, dit madame Charlerie.

Siméon ne sortit point ce jour-là. Il resta assis au coin de la cheminée sans feu. Il paraissait méditer profondément. Comme le soir venait :

— Eh bien, partons, dit-il.

Il ajouta :

— Ce sont d'anciens amis : je rencontrerai chez eux quelqu'un qui m'a promis une place.

Ces paroles décidèrent madame Charlerie, elle crut un instant que son mari avait honte de son oisiveté. Elle essaya de se composer une toilette avec de vieux chiffons dont le Mont-de-Piété n'avait pas voulu ; mais quand elle fit mine d'habiller Fernand, Siméon lui dit :

— Non, les gens chez qui nous allons n'aiment pas les enfants.

— Il y a donc des gens, dit-elle, qui n'aiment pas les enfants ?

— Oui, et qui ont des raisons pour cela.

Fernand se laissa coucher sans rébellion. La tristesse au milieu de laquelle il végétait avait tellement abattu sa vitalité, qu'il n'avait pas même songé à se faire une fête d'aller dîner en ville.

A table, Charlerie fut singulièrement gai. Il mangeait, buvait, souriait à sa voisine, et même fit un calembourg. Au dessert, il proposa de chanter une chanson. Madame Charlerie ne savait que penser.

— L'affaire marche donc très bien ? lui demanda-t-elle quand on quitta la table.

— Oh ! très bien, admirablement bien.

Il s'approcha de la maîtresse de la maison, lui
annonça qu'il était obligé de s'absenter pendant
quelques instants, qu'il ne manquerait pas de
revenir avant dix heures, et qu'il la priait de
l'excuser. Sa femme le regardait tout étonnée. Il
la baisa au front, et lui dit :

— Attends-moi.

Et il sortit en sifflant un air de danse.

Dans la rue, il marcha en se dandinant comme
un bon vivant qui sort de table. « Ils ont de
fameux vin dans cette maison, » se disait-il. Il
avait le chapeau sur l'oreille, et faisait le mou-
linet avec sa canne. Il y avait quelque rapport
entre ses allures et celles de Rémond Pichard,
son ancien camarade. Il arriva sur les boulevards
et se mêla aux promeneurs, en souriant. Une
femme passant près de lui, il s'arrêta pour la
regarder, et pensa : « Eh ! eh ! il faut se donner
du bon temps. » Il était véritablement de la meilleure humeur du monde. Il paraissait décidé à se
divertir. Il entra dans un café, et comme le garçon
lui demandait : « Que faut-il servir à Monsieur ? »
il répondit : « Donnez-moi ce que vous avez de
plus fort. » Le garçon fut surpris. Charlerie
éclata de rire.

— Bon, pensa le garçon, en voilà un qui n'en-
gendre pas la mélancolie.

On lui servit un verre de rhum.

4.

— Ce qu'il y a de mieux à faire, se dit-il, c'est
de prendre un parti. Quand on passerait sa vie à
se désespérer, cela ne servirait à rien. Il faut en
finir avec les choses qui vous ennuient. Depuis
que je suis décidé, je me sens gai comme un pin-
son. Broyer du noir, c'est absurde. Ce n'est pas
Rémond Pichard qui se serait fait de la bile
comme je m'en suis fait. Rémond Pichard, voilà
un homme fort.

Quand il eut avalé son verre de rhum, il songea qu'il n'avait point de quoi payer. Ce n'était
point qu'il eût oublié ou perdu sa bourse; il n'y
avait pas d'argent à la maison depuis vingt-quatre
heures.

— Oh! oh! ce sera très amusant; je vais me
disputer avec le garçon, on ira chercher la police,
et la police me conduira au poste. C'est très drôle,
le poste.

Il se prit à rire d'un rire si bruyant qu'une
fille rousse, qui était assise à son côté, lui dit
pour entrer en conversation : « Vous êtes bien
gai, monsieur ? » Il ne répondit pas, il avait une
idée. Il profita d'un moment où le garçon qui
l'avait servi était occupé dans une autre salle,
ouvrit la porte et se mit à courir en riant comme
un fou.

— La bonne farce! Je parie que Rémond
Pichard serait content de moi. Le garçon va être

attrapé quand il s'apercevra que je ne suis plus là. Ce que j'ai bu, cela doit coûter au moins dix sous. C'était très bon. J'ai volé dix sous, c'est très drôle?

Quand il fut un peu loin, il cessa de courir.

— Maintenant, reprit-il, il faut songer aux affaires sérieuses. Je m'amuse, je m'amuse, c'est un à-compte que je prends; mais je serai bien plus content tout à l'heure.

Il s'orienta, et suivit la rue de Richelieu. Il parlait tout haut en marchant.

— Je suis bien résolu à me rendre heureux. Jusqu'à présent j'ai été un imbécile. Pichard avait raison. La vie de ménage, d'abord, c'est ennuyeux. Je gagnerai de l'argent, j'irai au théâtre, j'aurai une maîtresse. Ce doit être très gai de souper dans les restaurants, je souperai. Il faudra que je tâche de retrouver Pichard quand il reviendra d'Amérique. Nous ferons nos fredaines ensemble. Ah! ah! il faut bien que jeunesse se passe.

Il était arrivé devant sa maison, il entra. La porte de la loge était ouverte, il vit sa concierge qui mangeait des marrons et buvait du vin blanc en compagnie de quelques voisines.

— Bonsoir, madame, dit-il; vous donnez une soirée à ce que je vois. Fort bien. Il n'y a pas de mal à prendre du plaisir. Les gens renfrognés

sont des imbéciles. Voilà de très beaux marrons,
savez-vous?

— A votre service, monsieur Charlerie.

— Je ne dis pas non. Ils ont une couleur qui
tente.

— Vous accepterez bien un verre de vin aussi?

— Et pourquoi pas? Peste! ajouta-t-il après
avoir vidé le verre qu'on lui offrait, il est bon,
votre vin!

Puis il se retira et monta ses quatre étages en
chantonnant : *Gai! Gai! la Faridondé*. Il ouvrit
sa porte, la referma, et alluma une petite lampe
placée sur une table dans l'antichambre.

— Il y a longtemps, dit-il, que je n'ai été si
joyeux en revenant à la maison.

Il avait l'air très content en effet. Ses yeux
brillaient doucement. Il faisait mille gestes inutiles,
comme les enfants qui s'amusent; pour un peu,
il eût sauté à cloche-pied. Pour gagner le salon,
où il couchait, il fallait traverser la salle à manger; il s'y arrêta un instant, chercha quelque
chose dans le buffet, — du vin peut-être, — et se
remit en marche. Il chantait :

> Tant qu'on le pourra,
> Larirette,
> L'on se damnera,
> Larira.

Dans sa joie, il essayait de se rappeler toutes

les chansons qu'il avait entendues. Mais il n'alla pas jusqu'au salon. La lampe à la main, il ouvrit la porte de la chambrette où était couché son fils. C'était une sorte de grand cabinet avec une seule fenêtre donnant sur la cour ; il entra et s'approcha du lit, à peine plus grand qu'un berceau. L'enfant dormait, ses cheveux blonds et longs couraient çà et là sur l'oreiller.

— Comme c'est joli un enfant qui dort ! J'ai toujours adoré les enfants. Il y a bien longtemps que je n'ai pas dormi, moi, mais je dormirai tout à l'heure... Voyons, il ne faut pas perdre de temps, car il me semble que j'ai sommeil déjà...

Il se rapprocha encore, et tenant toujours sa lampe d'une main, il écarta de l'autre la couverture de Fernand. La petite poitrine grêle et pâle de l'enfant apparut toute nue.

— Comme il a la peau blanche ! dit-il.

Et il se pencha, sans doute pour embrasser son fils. Il avait tiré de sa poche quelque chose qu'il tenait à la main; c'était un couteau de table.

— Tu comprends bien, petit Fauvel, dit-il d'une voix très basse, que je suis désolé d'en venir à cette extrémité, mais enfin je ne puis pas m'en tirer autrement. J'ai été malheureux assez longtemps. Ce n'est pas agréable, vois-tu, d'avoir fait un enfant qui se trouve être l'enfant d'un autre, et justement de cet autre qui, avant vous... Mais tu es trop petit pour comprendre cela, et, d'ailleurs, je te l'explique fort mal. Si Rémond Pichard était là, il te l'expliquerait, lui... Ce qu'il y a de certain, c'est qu'il faut que cela finisse. Je veux dormir et me donner du bon temps. Tant que tu es là c'est impossible. Aussi, je vais te tuer. J'en suis bien fâché, parce que je t'aime beaucoup. Oh! oh! qui est-ce qui va faire un bon dodo? qui est-ce qui fera la sourde oreille quand on l'appellera demain pour déjeuner. C'est le petit Fauvel.

Et Siméon, l'œil brillant, avec un rire malicieux, abaissait lentement son couteau vers la poitrine pâle de l'enfant.

— Charlerie! Charlerie! es-tu rentré? Où es-tu donc?

Lasse d'attendre son mari, madame Charlerie était revenue seule. Agitée de je ne sais quelle inquiétude, elle traversa rapidement la salle à manger, et entra dans la chambre de Fernand. Siméon, au bruit, s'était retourné. Devenu tout à coup d'une pâleur mortelle, les yeux hors de la tête, la bouche béante, il regardait sa femme stupidement.

— Que fais-tu là? dit-elle, prise d'une horrible épouvante.

Alors il eut peur, il se mit à pousser de petits cris d'effroi, et, comme une bête prise au gîte, il courait en tous sens dans la chambre, cherchant

ıne issue. L'enfant s'éveilla. L'enfant réveillé mit
le comble à la terreur de Charlerie.

— Fauvel! Fauvel! cria-t-il.

Il sauta vers la fenêtre, l'ouvrit brusquement,
et, d'un bond, s'élança dans le vide, la lampe à la
main.

Quelques instants plus tard, quand les voisins,
accourus aux cris de madame Charlerie, allèrent
le ramasser sur le pavé de la cour, il était mort.
Heureusement.

Le Corset de Dorimène

. . . .

Car Dorimène, c'est l'ange souriant et implaca-
ble, et le triple airain dont parle Horace n'est
qu'une feuille de papier de soie, comparé à l'armure qu'elle porte, armure faite d'un invisible acier
ou taillée peut-être dans le froid diamant! »

Pendant que l'orateur prenait haleine, satisfait
de sa péroraison, Fabrice bâilla, trempa ses lèvres
dans son verre qui ne désemplit pas sensiblement,
respira par contenance, ou par un reste de respect
féminin, une touffe de violettes pâmées de chaleur entre les seins de sa voisine, et dit :

— Nous sommes complets. Complets, dans
l'absurde. Toi, Léon, toi, Gaspard, vous, de Lorsay, moi, Fabrice. Il n'y a pas jusqu'à mon nom
qui, vu l'heure et les circonstances, ne soit stupidement romanesque. Il me semble que je m'ap-

pelle Fabrice parce que je n'ose pas m'appeler
Polycarpe. Nous faisons un mauvais chapitre de
conte libertin, bon à être lu dans les lycées. Tout
à l'heure, Gaspard, qui du moins, lui, a le même
nom que son porteur d'eau, — mais c'est peut-
être par un raffinement inepte ! — Gaspard a dit
à de Lorsay : « vicomte ! » Ridicule abominable.
Par bonheur, le garçon venait de sortir. Oh !
songez à ce que vous faites ! Vous, des gens rai-
sonnables, qui pourriez à l'heure présente être
heureusement endormis après quelques pages lentement lues des *Contemplations* ou de la *Légende
des Siècles*, vous qui êtes des rêveurs, c'est-à-dire
des hommes sérieux, vous soupez dans un cabinet
particulier, en un mot vous faites une orgie, malheureux ! vous, des poètes ! comme des bourgeois.
Léon, qui regarde la carafe avec un œil d'envie,
vient de demander du vin de Chypre ! Gaspard
essaie de se persuader qu'il est gris. J'ai mangé
des truffes pilées dans du madère, sans illusion, il
est vrai, et sachant parfaitement que c'étaient des
pommes de terre insuffisamment cirées par un
décrotteur dénué de génie. Mais regardez donc,
niais ! Sur cette glace qui ressemble au lac du bois
de Boulogne après trois jours de patinage, le nom
d'Anatole s'enlace au nom de Maria ; et moi qui
parle, je suis assis, Dieu me le pardonne ! sur un
divan de velours rouge. Quant à ces dames, vous

ne leur faites pas, je suppose, la grâce de penser
qu'elles aient jamais existé d'une façon sérieuse.
Leur réalité apparente n'est qu'un mensonge dont
vous n'êtes pas dupes. Si nous les regardions, elles
nous sembleraient peut-être jolies. Le sommelier
tout à l'heure a jeté sur ma voisine un coup d'œil
qui aurait dû flatter mon amour-propre. Mais nous,
nous ne pouvons pas les regarder, et, l'essayerions-
nous, que nous ne les verrions pas. Nous sommes
des presbytes, mes camarades! Ce qui est trop
proche nous est invisible. Et pourtant, elles sont
là, près de nous, par notre volonté! Aberration
inconcevable. Enfin, pour comble de niaiserie,
Lorsay, — chez qui un trop long séjour en Italie
excuse ce provincialisme enfantin, — Lorsay nous
a fait, sur un ton lyrique, une théorie amoureuse,
ni plus ni moins qu'un rhétoricien qui vient de
lire le *Don Juan* de Byron. Finissons-en. Deman-
dons l'addition, en rougissant, et allons fumer
un cigare sur le boulevard, afin de regarder les
nuages.

Lorsay reprit :

— Cette armure, c'est le Corset de Dorimène.
L'infernale coquette, sortie tout armée du cerveau
divin de Molière, ne quitte jamais son impénétrable cuirasse. Redoutez cette amazone qui a toujours l'air de se laisser vaincre, et de laquelle on
ne triomphe jamais. Elle consent à l'approche,

elle la désire, elle la veut. Que peut-elle craindre ? L'invisible Corset établit entre elle et vous une séparation infranchissable. Vous êtes tout près, tout près, mais vous n'irez pas plus loin. Imaginez une ville aux fortifications de cristal, transparentes et minces comme un carreau de fenêtre, dures comme des remparts d'airain.

— Le Corset de Dorimène ? dit Léon, j'ai fait des vers où il en est question :

> Avec Dorimène ou Zerline,
> Est-ce Léandre ou Lélio
> Qui suce du rosolio
> Dans une flûte mousseline ?
>
> Comme un bouton de rose blanche
> S'ouvre un corset de fin linon.
> « Ah ! dit l'amant, suis-je de planche ?
> — Et moi ? » dit-elle. On voit que non.
>
> Mais pendant qu'ils passent les bornes,
> Sort des branches, tout ahuri,
> Un front si bien pourvu de cornes
> Que c'est le diable ou le mari !

— Cependant, continua Lorsay, elle doit avoir un défaut, cette cuirasse de froideur et d'indifférence. Il n'est pas de ville forte qui ne puisse être emportée, et Dorimène elle-même sera prise un jour comme Ilion et Sébastopol. Si je ne craignais de vous ennuyer par le récit d'une aventure personnelle...

— Non, non! cria Fabrice. Je me révolte. Il
ne nous manquerait plus que de nous raconter
nos bonnes fortunes après boire! Que ne convenons-
nous de faire des récits alternés, en confiant à la
moins endormie de ces dames le soin de décerner
le prix? Le Décaméron chez Brébant! Ah! je ne
m'attendais pas à cette niaiserie suprême.

— Il y a dix mois, dit Lorsay, que j'adore la
marquise Dorimène. Je ne la nommerai pas autrement; vous la connaissez. Coquette, elle l'est au
point qu'elle n'a jamais pu voir jouer le *Misan-
thrope* sans sourire de pitié, et Célimène lui semble
la sœur cadette d'Agnès. Sa perversité étonne,
vraiment. Elle a une femme de chambre, blonde
à peu près comme elle, ce qui lui permet de donner
à ses prétendants des boucles de cheveux suffisamment vraisemblables, sans attenter à la beauté
de sa propre chevelure. Quiconque valse avec elle
pour la première fois demeure stupéfait; elle se
donne dans un extra-tour. Ne pas être désirée lui
paraîtrait monstrueux. Elle ne compte plus les
bottes vernies que le bout de sa bottine n'a point
repoussées sous la table, après le champagne; elle
boit lentement, en mouillant à peine le bout de
sa langue, comme une chatte, et en regardant vos
lèvres de façon à vous rendre fou. Elle mettrait à
la porte son cocher, s'il ne tournait à chaque instant la tête vers sa maîtresse étendue dans la calè-

che, au risque de verser ou d'accrocher; et je
vous assure qu'en descendant de voiture, elle s'appuie trop longtemps sur le bras de son valet de
pied. D'ailleurs, personne ne l'a eue, pas même
son mari! et plus elle se livre, plus on est loin de
la posséder.

— Le Corset, dit Léon.

— Oui, dit Lorsay. Contre une telle femme,
que tenter? Simuler l'indifférence, l'étonner, la
piquer par l'exception? Impossible. Résistez donc
à des regards qui vous enveloppent, qui vous
brûlent! Quand elle vous tend la main, ses doigts
frémissent comme des ailes d'oiseau, et jamais
elle ne retire sa main la première. On est homme,
par tous les diables! et il faut bien s'allumer à ce
glaçon.

— Qu'as-tu fait enfin? demanda Gaspard.

— Gaspard est trop bête! dit Fabrice. Faute
d'interruption, Lorsay, peut-être, allait se taire, et
voici qu'on pousse la complaisance jusqu'au dialogue. Vaudevilliste, va!

Lorsay poursuivit :

— Je me suis rajeuni de quinze ans. J'ai rap-
pelé les illusions de l'adolescence. Je me suis fait
naïf, ignorant, étonné. Némorin, au prix de moi,
est un Lovelace. Je suis un tel Daphnis, que Chloé
me trouverait bête. Je suis amoureux véritablement. Je regarde les étoiles. J'effeuille les mar-

guérites. Quand je lui rends visite, je porte à ma boutonnière des myosotis que j'appelle des vergiss-mein nicht. Lorsque je lui parle, je contemple au fond de mon chapeau la devise de mon chapelier. Je soupire. J'ai des candeurs inconcevables. Je la suis au bois, à l'église ; j'ai la main sur mon cœur. Quand elle descend pour faire quelques pas autour du Lac, je marche sur le bout de l'ombre de sa robe, et je recule vivement en présentant mes excuses à son reflet. Partout où elle est, j'y suis. Son hôtel est au Parc des Princes ; depuis dix mois, je passe toutes mes nuits sous l'arbre qui est en face de sa fenêtre. Elle sait que je ne quitte pas des yeux la mousseline de ses rideaux ; avant de se coucher, elle se tient debout, très longtemps, exprès, derrière l'étoffe transparente. Je ne me révolte pas contre cette abominable cruauté. Je suis son esclave. sa victime, sa chose. Et ce que j'ai fait jusqu'à ce jour, je le ferai demain, après-demain, sans trève, sans lassitude, jusqu'à ce qu'enfin elle éprouve pour moi, non de la pitié, — je la sais incapable de cette émotion, — mais un sentiment quelconque, de la colère peut-être, quelque chose enfin que, dans son indifférence générale, elle n'aura encore éprouvé pour personne. Une fois *distingué*, je réponds du reste.

— Moyen long et douteux, dit Gaspard.

— Long, sans doute; douteux, je ne crois pas
Déjà elle s'étonne. N'avez-vous jamais été irrité
jusqu'au paroxysme de l'énervement par le bruit
toujours répété de gouttes d'eau tombant la nuit
d'une fontaine mal fermée ? Mes « petits soins, »
insignifiants en eux-mêmes, et grotesques, je
l'avoue, feront un effet analogue à celui des
gouttes d'eau. Un jour viendra où elle ne pourra
plus endurer cette persécution polie et muette de
toutes les heures, de toutes les minutes, et elle ne
sera pas loin de m'aimer quand je lui serai devenu
tout à fait insupportable.

— Vous remarquerez, dit Fabrice, que cette
histoire n'est pas seulement absurde, mais qu'elle
est en outre, radicalement fausse. Lorsay n'est pas
tous les soirs au Parc des Princes, sous un arbre,
guettant l'heure où la marquise Dorimène retire
son impénétrable corset, et attendant que la petite
porte soit ouverte enfin par quelque soubrette con-
fidente, puisqu'il soupe cette nuit en notre compagnie, dans un horrible salon éclairé au gaz.

— Je crains les rhumes, dit Lorsay. Et quand
il pleut, je me fais remplacer.

— Hein ? dit Gaspard.

— Oui, dit Lorsay. Vous connaissez Joseph,
qui nous sert quand vous me faites l'honneur de
déjeuner chez moi ? Il a ma taille à peu près, il
s'enveloppe dans mon manteau couleur de muraille,

— car je suis fidèle aux saines traditions, — il rabat mon feutre sur ses yeux, et, comme les nuits sont obscures, la marquise ne peut concevoir aucun doute sur l'identité du mélancolique promeneur. D'ailleurs, j'ai fait la leçon à Joseph, et il commence à mettre très joliment la main sur son cœur.

— Mais, quand le jour se lève?

— Un peu avant le jour, mon remplaçant se retire. Où que je sois, il m'apporte le manteau, et je vais me mettre en faction, afin d'être reconnu par la marquise à son lever.

— Voilà, dit Fabrice, la plus médiocre imagination du monde, et nous avons été bien sots d'écouter vos balivernes, Lorsay. Grâce à vous, nous avons bel et bien découché, ni plus ni moins que des maris qui ont prétexté un voyage à Fontainebleau. Voyez, ees dames se sont endormies, et Léon a fini par se griser pour de bon. Gaspard, qui est un gentleman, a déboutonné son gilet, et moi, j'ai les coudes sur la table. Il passe un peu de jour gris à travers les rideaux de reps dérougi, et nous avons tout à fait l'air d'un lendemain d'orgie. Allons, continuez, soyez classiques! que pas une banalité ne soit omise! Souvenez-vous de Rolla, regardant fuir les hirondelles dans la brume triste du matin, et dites-nous quelque poème en prose sur le Paris honnête et

5

laborieux qui s'éveille, pendant que les débauchés
à l'œil cave, « lassés par leurs travaux, » consi-
dèrent, pleins de remords, la flamme des bougies
éteinte et maudite par la vraie lumière. Je consens
à boire, jusqu'à la lie, le ridicule !

— Non, dit Lorsay. Dans quelques instants il
fera tout à fait jour, et il faut que je me rende à
mon poste.

Comme Lorsay allait se lever, la porte s'ouvrit,
et le garçon entra, suivi d'un homme qui portait
un manteau couleur de muraille, et qui avait un
feutre rabattu sur les yeux.

— C'est vous, Joseph, dit Lorsay. Vous venez
me chercher ? C'est bien, je vous suis.

— Oh ! monsieur, il n'est plus nécessaire que
vous alliez là-bas.

— Que s'est-il donc passé ? Parlez, ces messieurs sont mes amis.

— Mon Dieu, dit Joseph évidemment embar-
rassé, il s'est passé quelque chose en effet. J'étais
en faction depuis deux heures, — il pouvait être
environ minuit,— lorsque la fenêtre s'est ouverte,
— vous savez, la fenêtre ?

— Oui, je sais, la fenêtre. Après ?

— Madame la marquise s'est penchée un peu
en dehors, je l'ai entendue qui disait très bas :
« Vicomte, vicomte ! »

— Sacrebleu ! Continue.

— Alors je me suis approché, en me cachant de mon mieux sous votre chapeau. « C'est bien, a dit Madame la marquise, je vous crois, vous m'aimez. Entrez dans le jardin par la petite porte qui est ouverte, et attendez un instant sans faire de bruit. »

— Et tu as obéi? dit Lorsay, quelque peu inquiet.

— Dame, monsieur le vicomte, il le fallait bien. Mais je n'ai pas attendu longtemps, Madame la marquise est descendue elle-même, en peignoir blanc, dans l'obscurité. Elle m'a pris par la main...

— Et alors, tu lui as dit que tu étais mon domestique, que je t'avais envoyé là pour me remplacer, une heure?...

— Oh! non, monsieur le vicomte, vous m'aviez commandé d'agir en tout point comme vous auriez agi vous-même. Je n'aurais pas voulu trahir monsieur le vicomte. Je me suis laissé conduire, et nous sommes entrés dans une chambre où il n'y avait pas de lumière. Cela sentait très bon. Une odeur de magnolia. L'odeur que préfère monsieur le vicomte.

Fabrice commençait à s'amuser très sérieusement.

— Mais après, après, misérable! cria Lorsay qui pâlissait de fureur.

— Après, monsieur le vicomte, madame la marquise m'a fait sortir avant le jour pour que personne ne me vît.

Lorsay avait bondi sur Joseph et le secouait rudement par le collet du manteau couleur de muraille en criant : « Gredin, canaille, [infâme ! » pendant que les dames présentes entr'ouvraient des yeux vagues où ne s'éveillait aucune compréhension, et que les autres convives mordaient désespérément leurs serviettes pour ne point éclater de rire.

Cependant Lorsay, craignant une aggravation de ridicule, lâcha son domestique, et lui dit : « Allez-vous-en, je vous chasse. Que je n'entende plus parler de vous. » Le pauvre garçon fit quelques pas en arrière d'un air penaud et un peu sournois aussi, mais près de la porte il s'arrêta.

— C'est, dit-il que j'ai quelque chose à remettre à monsieur le vicomte.

— A moi ?

— Quelque chose que madame la marquise m'a donné en croyant le donner à monsieur.

— Donnez vite et sortez.

— Un peu avant le jour, pendant que je me disposais à me retirer, j'ai entendu comme un bruit de ciseaux dans des cheveux, et voici ce que m'a remis madame la marquise.

Joseph tendit a son maître une longue boucle de cheveux blonds. Lorsay, la prit, la regarda, et ses amis alors purent croire qu'il était devenu fou de rage, car il se renversa sur le divan en riant jusqu'aux larmes.

— Va, va, mon garçon, va te coucher. Mais va-t-en donc, je te dis que je ne t'en veux plus.

Le domestique sorti, Lorsay reprit la parole :

— Messieurs, personne n'a trouvé encore le défaut du Corset de Dorimène. La marquise, qui avait sans doute découvert mon petit stratagème nocturne, m'a rendu la pareille, et Joseph a été l'heureux possesseur d'une soubrette, très blonde à la vérité, mais dont je ne saurais lui envier outre mesure la conquête. Je reconnais parfaitement les cheveux; c'est la quatrième boucle que j'obtiens.

Cette explication donnée, on jugea bon de ne pas insister, et, pendant que les dames jetaient leurs manteaux sur leurs épaules vaguement dégardées, Gaspard dit à Fabrice :

— Eh bien! que penses-tu de ceci?

— Je pense, dit Fabrice à voix basse, que Lorsay nous a fort adroitement donné le change. Mais quel malheur que la chambre n'ait pas été éclairée! Joseph nous aurait dit si le Corset de Dorimène est de satin rose ou bleu.

5.

Les Lilas Noirs

Gaspard, — ce Gaspard, justement, qui sou-
pait, il y a quinze jours, avec Fabrice et l'amant
malheureux de la marquise Dorimène, — Gaspard
s'était accoudé par une claire nuit d'automne sur
le rebord de son étroite fenêtre.

Gaspard, poète lyrique, continuait la tradition
un peu démodée de la mansarde.

L'aube parut, toute grise. Une à une, il vit les
étoiles se clore, un à un les réverbères s'obscur-
cir, et tandis que ses yeux descendaient des astres
éteints au gaz mourant, sa pensée retombait du
ciel sur la terre.

Tout à coup, il se pencha en avant, et parut
considérer quelque chose avec la plus vive attention. Qu'était-ce? Un rien, mais un de ces riens
adorables d'imprévu et charmants de contraste qui
vous emplissent l'âme de rêves, le regard de

lueurs, et devant lesquels André Chénier ne
pouvait passer sans dire : « J'en ferai un petit
quadro. »

De l'autre côté de la rue, sur le trottoir, les
pieds dans le ruisseau, une enfant, une jeune
fille peut-être, — car à cause du crépuscule et de
la distance, Gaspard ne distinguait les objets
qu'avec assez de peine, — arrachait d'un bouquet de lilas fanés, tombé d'une fenêtre, quelques
touffes moins flétries et s'en faisait une couronne.

Cette enfant était vêtue le plus misérablement
du monde ; elle portait une robe de mousseline
blanche, sale et déchiquetée, rapiécée de chiffons
noirs, maculée de boue, trop courte et décolletée,
— une vieille robe d'enfant riche, ramassée dans
la rue, cette marchande à la toilette des plus pauvres. Un bonnet de tulle noir, qui au temps de sa
fraîcheur avait dû parer la tête blanchie de quelque
douairière, lui descendait jusqu'aux sourcils, si
bien que les franges d'un vieux ruban qui bordait
la sombre coiffure semblaient des ailes de papillon
noir posées aux coins de ses yeux. On était au
mois de novembre. Paris, ce matin-là, avait pris
son uniforme d'hiver, fait de boue et de brume. Il
neigeait sur les toits et il pleuvait dans la rue. Les
épaules nues de la pauvre petite frissonnaient, ver-
dies par le froid. L'eau du ciel, glaciale, séjournait

dans les creux que la misère avait faits sur sa peau maigre, autour de ses os sans chair. Ses pieds nus étaient enfermés, l'un dans un soulier de cuir jaune, l'autre dans une vieille pantoufle, et la fange liquide du ruisseau faisait de petits bouillons noirs autour des chevilles rouges et bleues. La pensée grelottait rien qu'à songer combien la pauvre fille devait avoir froid.

Du froid et de la pluie, elle ne paraissait pourtant pas s'occuper. Tout entière, œil et âme, elle était à la couronne qu'elle faisait. Il fallait voir comme ses mains fouillaient les détritus humides pour en retirer les petites fleurs flétries, avec quel amour elle relevait les touffes penchées et nouait les tiges sèches autour d'une ramille tordue en cercle, — et comme elle était fière de voir la couronne s'arrondir sous ses doigts. De temps en temps, elle la portait à ses lèvres, et les tristes lilas, blancs naguère, noirs de boue aujourd'hui, devaient se purifier et renaître sous ces baisers d'enfant. Il y avait là tout un poème de mélancolie, toute une série d'antithèses douces et navrantes. Cet amour de fleurs, — le premier et le plus chaste des instincts du cœur, qui ressemble à l'amour d'une sœur pour sa sœur, de Ninon pour Ninette, — révélait chez cette fille des rues une vague, une profonde nostalgie des champs.

Il n'en fallait pas davantage pour fournir un

prétexte de rêverie à un homme tel que Gaspard.

Qui pouvait être cette enfant ?

A force de considérer la petite chiffonnière, —
c'était une chiffonnière sans doute, — et le brouil-
ard s'étant éclairci, il était parvenu à deviner plutôt qu'à distinguer ses traits sans pouvoir encore
préciser son âge. Elle était blonde comme un rayon
de soleil d'automne, et sa pâleur avait une transparence telle, qu'à voir son profil indécis se des-
siner au milieu d'une nimbe de brume, on eût dit
une tête de vignette anglaise tracée sur une de
ces porcelaines opaques que l'on adapte aux angles
des vitres, et vue devant le jour.

Gaspard fit ce que tout poète eût fait en pareil
cas : un sonnet. — Rassurez-vous, nous ne le cite-
rons point. — L'ayant trouvé charmant, il se mit
en quête d'une feuille vierge où l'écrire. Un ex-
ploit d'huissier qui lui avait été signifié la veille se
rencontra sous ses doigts ; il le retourna, et sur
le dos du rugueux papier traça quatorze lignes.
Cela fait, il revint à la fenêtre, la feuille à la main.
La petite fille était toujours occupée à faire sa
couronne de lilas noirs. Gaspard la regarda quelques instants encore, puis il sentit sa tête
s'alourdir, ses yeux se fermer, et je ne sais quel
songe enleva sa pensée dans le bleu, tandis que
le vent du matin emportait son sonnet dans la
rue.

Le sonnet, tournoyant dans l'air comme un oiseau blessé, alla s'abattre dans le ruisseau ; et le poète crut continuer un rêve quand, un instant après, brusquement éveillé, il vit entrer dans sa chambre l'enfant à la couronne.

Elle rapportait la feuille envolée ; le timbre et l'épaisseur du papier lui ayant fait supposer qu'il pouvait être de quelque valeur, elle avait voulu le rapporter elle-même.

Gaspard la remercia, surpris, et la considéra longuement.

La petite chiffonnière n'était plus une enfant ; elle avait seize ans, bien que frêle et mièvre, inachevée pour ainsi dire, elle n'en parût pas quatorze au premier abord. Imaginez un bouton mi-clos qui, en avril, mois de printemps pour les autres, mois d'hiver pour lui, attendrait encore sa part de sève épanouissante. Et cependant, s peu femme qu'elle fût, c'était une adorable femme. Ses cheveux blonds d'une impalpable finesse, faisaient songer à ces fils de la vierge qui volètent dans l'air, teints de soleil, et sous ces cheveux d'or pâle, son visage, d'un ovale correct quoique amaigri, avait de douces pâleurs bleues et de doux regards bleus.

Gaspard regardait toujours la pauvre fille, qui rougissait, honteuse d'être examinée ainsi.

Sans doute, à Paris, où les choses d'amour

sont un carnaval perpétuel, où tant de boue salit
les femmes qui passent, où tant de femmes salis-
sent la boue en passant; sans doute plus d'une sait
masquer son cœur comme elle masque son visage,
et teindre son âme comme elle teint ses cheveux.
Mais cette pensée ne vint pas un seul instant à
Gaspard que l'enfant qui était devant lui fût de
ces femmes-là. La pureté d'une vierge, c'est
comme une étoile; dans quelque ombre qu'elles
soient plongées, toutes deux on les devine: elles
rayonnent.

— Comme vous me regardez! dit enfin la jeune
fille avec un son de voix doux et clair.

Gaspard avait reconnu coquettement placée sur
le vilain bonnet noir, la couronne qu'elle avait
faite.

— Vous aimez donc bien les fleurs? demanda-
t-il.

— Oh oui! je les aime bien. Du temps que
j'étais petite, je me levais de grand matin, et
quand tout le monde dormait encore, j'allais seule
en cueillir dans les champs. A Paris, il n'y a pas
de prairies comme chez nous, et les fleurs coûtent
trop cher pour que j'en achète... on les prend où
on les trouve, ajouta-t-elle en indiquant la rue.

Elle voulut se retirer, mais depuis un instant le
ciel était devenu plus sombre et la pluie tombait
plus dru. En voyant ces pauvres petites épaules

nues, ce corps chétif à peine couvert, Gaspard eut pitié et la pria d'attendre pour sortir que la pluie eût cessé.

— Je veux bien, dit-elle ; du reste, ce n'est qu'un nuage, et je ne vous gênerai pas longtemps.

En parlant ainsi, elle s'assit sur une chaise dans un coin de la chambre, Elle se faisait petite et ne soufflait mot, comme pour tenir le moins de place et faire le moins de bruit possible.

La veille, Gaspard avait soupé avant de s'accouder à sa fenêtre. Les restes du pauvre repas étaient encore sur la table, et la petite fille les regardait en tapinois d'un air d'envie.

— Voulez-vous déjeuner avec moi ? demanda Gaspard qui s'aperçut de ce manège.

— Oh ! monsieur, je n'oserais pas.

— Osez. Voulez-vous ?

Il lui prit la main, la fit asseoir devant la table, et s'assit à côté d'elle.

— Comment vous appelez-vous, mon enfant ?

· Madeline, monsieur,

— Eh bien, Madeline, mangez et buvez sans façon. Vous m'avez rendu un grand service en me rapportant ce papier qui s'était envolé. C'est bien le moins que vous acceptiez en échange quelque chose de moi,

Madeline se mit à manger avec un appétit d'enfant ; le poëte se tut, de crainte de lui faire

9

perdre un coup de dent. Mais, quand elle eut fini
de déjeuner, il l'interrogea, lui demandant qui elle
était, si elle avait des parents, ce qu'ils faisaient,
ce qu'elle faisait elle-même. Madeline hésitait à
répondre. Gaspard apprit seulement qu'elle était
malheureuse, manquant souvent de pain et de
gîte, et qu'il y avait longtemps qu'elle était à
Paris, — et qu'elle s'y ennuyait bien, parce qu'elle
n'y voyait pas de fleurs.

Ces choses dites, Madeline voulut de nouveau
se retirer. Il pleuvait toujours ; son hôte insista
pour qu'elle demeurât encore.

— A moins qu'on ne vous attende ? ajouta-
t-il.

— Oh ! personne ne m'attend.

— Eh bien, restez.

— Comme vous êtes bon, monsieur !

Elle le regardait d'un air triste et doux.

— Pauvre fille ! se dit Gaspard.

Ce jour-là était le quinze du mois. Il était onze
heures du matin. Gaspard se souvint qu'à pareil
jour et à pareille heure, douze fois par an, il avait
coutume d'aller toucher une somme assez ronde
au bureau d'une Revue. Il considérait même cette
course mensuelle comme une excellente habitude,
que pour rien au monde il n'eût voulu perdre. En
conséquence, il endossa son paletot et prit son
chapeau. Sa toilette achevée, il vit, en se retour-

nant, Madeline endormie, la tête dans les mains, sur le rebord de la cheminée.

— Elle ne s'est peut être pas couchée de la nuit ! songea Gaspard.

Il la prit dans ses bras, et, l'ayant transportée sur son lit, il tira du fond de son armoire une vieille vareuse pour l'envelopper ; le tout si doucement que l'enfant ne rouvrit pas les yeux.

— Ma foi, qu'elle dorme tant qu'elle voudra ! Elle s'en ira quand elle sera éveillée.

II

Il était tard, — minuit environ, — lorsque Gaspard rentra chez lui.

Gaspard avait dîné avec notre ami Fabrice.

Gaspard était gris.

Il ftu stupéfait de retrouver Madeline dans sa chambre.

La petite chiffonnière le salua d'un éclat de rire sonore et vibrant comme un bruit de cristal.

Toutes les femmes ne savent pas rire. Rire est encore plus difficile que pleurer, et Gaspard avait été pendant onze mois l'amant d'une femme parce qu'elle pleurait bien.

Donc, Madeline était restée chez lui. Etait-ce

quelle avait voulu le revoir, était-ce qu'elle n'avait pas su où aller ?

Quoi qu'il en fût, Gaspard, le tavel aidant, trouva Madeline encore plus jolie à la clarté de la lampe qu'aux rais de l'aurore ; il attira l'enfant sur ses genoux.

— Veux-tu m'aimer ? lui dit-il à l'oreille.

— Oh ! je vous aime déjà, répondit Madeline.

Gaspard la baisa au front ; mais, comme si le contact de cette peau fraîche et unie lui eût brûlé les lèvres, il se leva brusquement, repoussa la jeune fille, et s'élança hors de sa chambre en s'écriant : « Gredin ! »

III

Lorsque Gaspard entra dans l'atelier de Fabrice, celui-ci était en train de faire ses malles.

— Hein ? tu pars ?

— Oui, demain. C'est une fantaisie qui m'a pris il y a cinq minutes.

— Où vas-tu ?

— En Suisse.

— En Hiver ?

— Raison de plus. La Suisse, en hiver, doit être splendide. Au prochain Salon, mes neiges et mes glaciers feront fureur. Partons ensemble veux-tu ?

— J'y songeais. Mais, Fabrice, continua Gaspard, un conseil.

— Soit.

— Si tu avais une femme dans ta chambre, que ferais-tu ?

— C'est selon. Jolie ?

— Jeune, jolie, et blanche comme une nymphe de l'Albane.

— Mon ami, je suis coloriste, et j'adore Rubens ; néanmoins, pour une fois, je renoncerais à mes opinions artistiques et à mon humeur voyageuse, — je resterais chez moi.

— Mais si cette femme avait seize ans, si c'était une jeune fille ?

— Une vraie jeune fille ?

— Oui.

— Je la prierais de s'en aller.

— Mais si elle était misérable au point d'aller demander l'hospitalité à un ruisseau ou un lit à la Seine ?

— En ce cas, si j'avais de l'argent, je paierais un terme d'avance à mon propriétaire, j'oublierais sur ma cheminée le plus de petites choses rondes que je pourrais, et je partirais demain pour la Suisse — en hiver ! — avec mon bon ami Fabrice.

IV

Cinq mois plus tard, vers la fin d'avril, à dix heures du soir , Fabiice et Gaspard revenaient de Genève.

Ils se séparèrent en se promettant de se revoir le lendemain.

Arrivé au coin de la rue Saint-Hyacinthe Saint-Michel, Gaspard cracha un remarquable juron. La maison qu'il avait habitée avait été démolie pendant son absence, et force lui fut de songer à trouver un gîte pour la nuit.

Comme il longeait d'un air réfléchi le mur d'une ruelle, il entendit au-dessus de sa tête comme un petit cri de surprise, et presque en même temps, il sentit quelque chose d'assez lourd lui tomber sur le front et glisser à ses pieds après lui avoir, au vol, égratigné le nez. La nuit était claire et bleue; Gaspard eut à peine besoin de se baisser pour reconnaître la nature de l'objet.

C'était une couronne de fleurs artificielles, de lilas blancs. Ils étaient blancs, ceux-là. Ayant ramassé le bouquet, Gaspard raisonna de la sorte :

— Dieu sous son soleil, les femmes sous leurs doigts, ont seuls ce charmant privilège de faire naître des fleurs. Il était naturel que le créateur

partageât avec sa plus jolie créature le secret de sa
sa plus gracieuse création. Or, une foule de raisons démontrent jusqu'à l'évidence que Dieu n'est
pour rien dans l'éclosion des lilas que voici. Béni
soit le ciel ! les fleuristes sont hospitalières : je ne
coucherai pas à la belle étoile.

Un éclat de rire tombé du deuxième étage dans
les oreilles du poète mit un point d'exclamation
à la fin de sa phrase.

Quelques secondes après, il frappait discrètement à une porte sur laquelle il avait lu :

MADEMOISELLE BLUET

FLEURISTE

— Entrez ! fit une petite voix.

Gaspard entra.

N'ayant vu personne dans la première pièce, il
s'avança résolûment vers une porte à gauche.

Mais au moment de heurter, il s'arrête, stupéfait. Dans un coin de la chambre, il vient de reconnaître sa bibliothèque. Dans sa bibliothèque, il
devine ses livres; sur une table, il pressent ses
manuscrits. En face de la bibliothèque, il y a un
piano, c'est le sien !

— Où suis-je donc? se demande-t-il à lui-
même.

— Chez vous, répond Madeline.

— Madeline! s'écrie Gaspard.

C'était Madeline, en effet, mais Madeline embellie de quatre mois de bien-être et de paix, Madeline femme !

— Vous êtes chez vous. Ah! monsieur Gaspard vous en irez-vous encore ? ajouta-t-elle un peu plus bas.

— Chez moi, dit Gaspard; non, chez toi !

Et il la serra doucement dans ses bras.

Une heure après, ils étaient chez eux.

LA

Femme de Tabarin

Parade

La place Dauphine en 1629.

C'est alors que florissait le poète Clidamant, qui, mal nourri par les Muses, s'était mis aux gages d'un arracheur de dents; le dentiste arrachait, chaque jour une à une, les dents du poète, et le poète proclamait devant les badauds extasiés que l'opération n'avait pas laissé d'avoir quelque chose d'agréable : le trente-troisième jour, n'ayant plus de dents, il se pendit.

Aux volets des maisons sont accrochés des tableaux que des amateurs observent avec minutie. Origine de nos Salons annuels.

Mais la singularité principale de la place Dauphine, c'est la baraque de Tabarin. Pour les besoins du drame qui va être représenté devant vous, elle est disposée comme suit : le tréteau sur lequel l'illustre farceur débite les drogues au profit du sieur Mondor se prolonge de biais, à sept ou huit coudées du pavé de la

9.

place. Un éclatant rideau, rouge et vert, agrémenté de
figures tabariniques, sert de toile de fond à ce théâtre
en plein vent ; à droite, plus bas, au niveau du sol,
l'intérieur même de la baraque est visible. Des loques
multicolores pendent du plafond, le long de la porte
basse, recouverte d'une toile peinte, qui est comme l'entrée des artistes. Des pots de fard et des brosses sur la
planchette d'un dressoir garni de vaisselles ébréchées.
Le lieu ressemble à la fois à une cuisine et à une loge
de comédien. Un escalier en bois vermoulu, de quelques
marches, conduit de cette coulisse au tréteau extérieur.
Il y a sur un fourneau une marmite pleine de soupe,
dont la fumée monte comme un encens vers un chapeau
de feutre accroché au mur : c'est le chapeau de Fortunatus. Au dehors, devant le tréteau, des bancs sont
disposés pour les élégants de la cour. Car ni les précieux ni les précieuses ne se font faute d'assister parfois
aux parades du grand Tabarin, que Molière, selon
Boileau, n'a pas dédaigné d'allier à Térence ; et, dès
le matin, les fenêtres sont chèrement louées.

Les machinistes sont priés d'imiter, par tous les
moyens dont ils disposent, la fraîcheur lumineuse d'une
jeune journée de printemps.

SCÈNE Iʳᵉ

(Dans l'intérieur de la baraque)

FRANCISQUINE, *aux gros cheveux roux, les bras nus, près du fourneau.* TABARIN, *saoûl. — Tabarin entre par la petite porte basse. Il est évident qu'il vient du cabaret.*

TABARIN

Comme j'étais au banquet,
Bon birolet
Et qu'on dansait à ma noce,
La mère au cousin Jacquet,
Bon birolet
Me dit : Votre femme est...

FRANCISQUINE

Grosse bête ! sac à vin ! pendard ! brute immonde ! D'où sors-tu ?

TABARIN

Holà ! hé ! hi ! oh ! ma petite femme ! C'est au cabaret que je suis allé, en compagnie du bon M. Piphagne, qui m'avait dit : « Tabarin, me charo, mi te voglio pregar d'una difficultaë. » Nous avons bu quelques bouteilles en ton honneur, ma petite Francisquine, ma petite Francis, mon joli petit quine, gagné à la loterie de la destinée. Ne

me mords point, ne me pince point, car tu sais
bien quanto io t'amo !

FRANCISQUINE

Bon ! Tu me contes des fagots pour des cotte-
rets. Va, va, double jennin, de par le diable ! Va-
t'en quérir du vin ; cependant je me disposerai à
manger mon potage.

TABARIN

Point, mignonne de miel ! Je prends des torti-
colis sous tes petits pieds mal chaussés, comme ce
grand cornard d'Herculès, aux pieds de la princesse qui avait une tête de lion empaillé pour
cornette de nuit, et je becquète tes ongles fripons,
ne plus ne moins que les moineaux becquetaient
les raisins de Zeuxis, peintre d'Héraclée.

FRANCISQUINE

Tu as appris tous ces beaux discours dans la
compagnie du seigneur Mondor, et pour moi, je
n'y entends goutte.

TABARIN

Tu veux que je te parle autrement ? Ecoute-
moi, chérie. Le bouffon, l'ivrogne, n'est plus ;
regarde l'homme, et sois bonne pour lui. Je t'aime
ardemment, j'ai cette folie. Je t'ai rencontrée un
jour, endormie la tête près du trottoir, avec tes

grands cheveux roux défaits; il m'a semblé que le
soleil était tombé dans le ruisseau. Je t'aime. Tu
fais de moi ce que tu veux. Comme je suis célèbre, il y a des femmes, peut-être, et des plus
riches, qui auraient bien voulu de moi. Mais je
t'aime. Tes grands yeux ronds, ton nez qui se re-
trousse et qui a l'air d'un oiseau posé sur ton
visage la queue en l'air, ta bouche qui s'ouvre
toute grande et qui baise mes lèvres comme on
avale une cuillerée de soupe, tout cela, et, tiens,
tes bras nus, trop gras, me charment. Je suis un
paysan, au fond. Ma souquenille, vois-tu, c'est
une blouse. La parade, le fard, le chapeau de
Fortunatus, c'est pour les autres que ma bêtise
fait rire; pour toi, je suis un niais, sans le faire
exprès. Ote ma perruque, caresse mes cheveux.
Veux-tu des pendants d'oreilles en or? Je t'en
donnerai, et un collier de perles aussi. Quand
nous aurons gagné beaucoup d'argent, nous parti-
rons. J'achèterai une terre, comme un honnête
homme. Nous aurons des voisins qui seront jaloux.
Quand tu passeras, ils diront : « Voilà la femme
de .M. Tabarini! » Car j'aurai quitté le nom de
Tabarin. Je n'aurai plus d'or aux galons de mon
haut-de-chausses, mais tu en auras dans ta poche.
Parce que je t'aime. Laisse-moi t'embrasser le
cou. Tu n'as pas reprisé ta chemise, là, devant;
tu as bien fait, c'est plus joli. Mais toi, tu ne

m'aimes pas. Sais-tu bien, que souvent, lorsque
nous jouons la farce où Tabarin, qui revient de la
campagne, trouve un galant auprès de sa femme,
sais-tu bien, que souvent, je crois que ce malheur
pourrait m'arriver un jour, en effet? Il y a un
garde de monseigneur le cardinal qui rôde quelquefois par ici. Il me semble que je l'ai vu l'autre
soir entrer par cette petite porte. Mais non, j'avais
bu, j'avais été au cabaret, avec Piphagne. Tu as
un bon cœur, tu ne voudrais pas me rendre malheureux. Ta chemise, comme cela, c'est très joli;
tu as engraissé, chérie!

FRANCISQUINE

Dis que je suis une nourrice, tout de suite!
Allons, mange ta soupe.

TABARIN

Oui, si tu veux (*Il la baise sur les lèvres, pendant qu'elle mange elle-même.*) Oh! la bonne soupe!
la bonne soupe! C'est comme du sucre brûlé.

SCÈNE II

(Sur la place)

TÉLAMIRE

Se retournant et repoussant du talon sa jupe
Mais voyez donc quelle équipée! Et n'est-ce

oint un grand fou que ce Polyandre qui nous
onduit parmi les petites gens, pour entendre les
Questions d'il signor Tabarini ?

LA PRINCESSE PHILOXÈNE

Il est tout à fait certain, que si je n'avais point
ur le visage ce touret qui me dérobe aux curio-
ités du populaire, je ne manquerais pas de rougir
trangement...

THÉODAMAS

De sorte que le jardin de votre visage se fleuri-
ait, Philoxène, de quelques roses de plus !

POLYANDRE

Vous moquez-vous, mesdames ? Les plus honnêtes gens ne dédaignent point de s'encanailler
quelquefois, et les déesses peuvent avoir le caprice
de descendre sur la terre.

AMALTHÉE

Eh ! voyez ce petit homme qui porte un singe
ur son dos ! Ne vous paraît-il pas que le singe
essemble à monseigneur le cardinal ?

THÉODAMAS

De tout point. Mais si nous ne nous hâtons de
prendre place, les badauds auront bientôt envahi
es bancs et chaises que voilà.

TÉLAMIRE

Est-il vrai que quelquefois le seigneur Tabarin offense l'honnêteté dans ses propos burlesques, et que nous puissions avoir lieu de nous plaindre de la témérité de ses folâtreries ?

LA PRINCESSE PHILOXÈNE

Il ne serait que prudent peut-être de le faire prévenir qu'il aura affaire à des personnes de qualité, afin qu'il ne dépasse point, devant nous, les bornes de la bienséance. Pour moi, il est des syllabes dont je ne saurais endurer l'incongruité.

ARTABAN

Par mon épée ! Il ferait beau voir que ce vilain s'émancipât outre mesure, et se hasardât, moi présent, à user de discours grossiers et propres à étonner, mesdames, la pudicité de vos oreilles. Mais voici que le rideau s'entr'ouvre, et il signor Tabarini lui-même se montre à vos yeux, coiffé de son illustre chapeau.

(*Les précieux et les précieuses sont assis. Une grande foule de populaire, bourgeois, filles, tire-laine, parmi lesquels des gardes et des mousquetaires, occupe tous les coins de la place. Des cris se font entendre* « Tabarin ! Tabarin ! » *Le baladin salue, la parade va commencer.*)

SCÈNE III

LES MÊMES, TABARIN, *sur le tréteau,*
FRANCISQUINE, *dans la baraque.*

TABARIN

Oh ! oh ! voilà, ce me semble, des personnes
ue je n'ai point coutume de voir, et de qui les
oches ne sont point aussi vides que les miennes,
.en juger par la richesse de leurs habits ; je ven-
lrai aujourd'hui plus de drogues que je n'en
ends d'ordinaire en deux ans.

Nobles dames, nobles seigneurs, coquettes et
ornards ! Et vous, assemblée illustre d'imbéciles,
le niais et de filous, ducs de la Samaritaine,
ourtisans du Roi de Bronze ! ce n'est point vous
que j'amuserai par les métamorphoses de mon
ncomparable chapeau, par des questions saugre-
aues, et telles autres facéties. *Paulo majora cana-*
mus, comme dit mon maître Mondor.

La vérité est que je suis féru d'amour, et ce,
pour ma femme Francisquine. O vive l'amour !
Vive le phénix des amants ! Le petit Cupidon est
entré si avant dans ma poitrine, que je ne puis
plus vivre sans donner quelques allègements à
mes flammes ; et le feu me transporte de telle
façon, que je ne sais plus que cracher poésie.

Mais Francisquine est une petite friquette, et il se pourrait bien qu'elle m'en eût donné pendant que j'étais aux champs. Ah ! cavalières ! mousquetaderès ! bombabus ! canonès ! morions et corseletès ! Si quelque veillaco s'était avisé de lui déranger la jupe, me donne au diable si je ne lui relance le limosin comme il faut !

(Dès le commencement de la parade, un soldat, un garde du Cardinal, est entré par la petite porte dans l'intérieur de la baraque. Francisquine lui a sauté au cou ; il s'est assis, d'abord, auprès d'elle, puis il l'a prise sur ses genoux, et maintenant il joue avec la chemisette que la femme de Tabarin a oublié de raccommoder.)

Holà ! Francisquine, holà ! Serait-ce que tu es morte, ma petite poularde, puisque tu ne réponds pas à ton petit mari ? M'est avis qu'elle est peut-être dans la chambre d'à côté, et avec votre permission, nobles seigneurs, je soulèverai ce rideau, afin qu'elle m'entende plus aisément.

(Tabarin, continuant la parade, soulève, en effet, le rideau, et tout à coup pousse un grand cri ! car le pauvre homme vient de voir sa femme assise, et riant, sur les genoux du garde. L'amant brusquement s'enfuit. Tabarin laisse retomber la tenture et demeure sur le tréteau, immobile et blême.)

Miséricorde ! Ce n'est plus un jeu ! Francisquine ! Je l'ai vue ! Là, chez moi, sur la chaise...,

et cet homme qui l'embrassait... Ah ! mes bonnes
dames ! mes bons messieurs ! Il n'y a plus de
farce, il n'y a plus de Tabarin ! Je suis un pauvre
homme... Je l'aimais tant... Ah ! ma femme !
ah ! la gueuse ! ah ! mon Dieu, ma Francisquine !

*(Tabarin se laisse tomber sur le bord du tréteau, et
pleure à chaudes larmes.)*

TÉLAMIRE

A vrai dire, les facéties de ce bouffon ne sont
point aussi grossières qu'il était permis de le re-
douter ; et il a eu, surtout dans la dernière partie
de son monologue, des sanglots qui ne laisseraient
point que de faire honneur au plus industrieux
comédien de l'Hôtel de Bourgogne.

THÉODAMAS

Je ne serais point éloigné d'imaginer que, su-
rexcité par la présence d'un public nouveau pour
lui, il a voulu s'en rendre digne par des efforts
jusqu'alors inaccoutumés et se hausser de l'état de
bouffon jusqu'à celui de véritable acteur.

LA PRINCESSE PHILOXÈNE

Il y a quelque apparence de vrai dans le soupçon qui vous est venu. Mais prêtons l'oreille, s'il

vous plaît, à la parade, car voici que le seigneur
Tabarin a relevé la tête.

(Pendant ce temps, dans la baraque, dont les spec-
tateurs ne peuvent voir l'intérieur, Francisquine se
tient, terrifiée près du fourneau, car elle a entendu le
cri terrible de son mari.)

TABARIN
Arpentant le tréteau à grands pas

Mais cette femme, pour moi, c'était tout! Savez-vous pour qui je vendais des drogues, pour qui
je recevais des coups de pied au derrière? C'était
pour elle, pour elle seule. Pour qu'elle fût une
femme heureuse, j'avais presque cessé d'être un
homme; et, tout à l'heure encore, je le lui disais.
Ah! la ribaude! Maintenant, pendant que je suis
là, histrion stupide, elle embrasse cet homme et
se fait embrasser. Oh! je les tuerai tous deux, je
les tuerai. A vous, quand on vous prend votre
femme, il vous reste tant de choses! A moi, sans
elle, que me reste-t-il! Rien. Ah! le paysan,
l'homme du peuple, la brute, si l'on veut, sort du
baladin! Je veux les tuer, vous dis-je, et après je
leur mangerai le corps.

TÉLAMIRE

Bien que cette douleur s'exprime en termes un
peu grossiers, on ne saurait dissimuler qu'elle a

quelque chose d'émouvant et qu'elle serait de nature à plaire aux gens de goût, si elle était traduite
en strophes tragiques, ornées de pointes concor-
dantes.

TABARIN

toujours sur le tréteau, les yeux hors de la tête,
effrayant

Mais une épée, une arme quelconque, est-ce
que j'en ai ? On n'assassine pas avec une batte
d'arlequin, et il faut que je tue, pourtant. Se j'a-
vais un pistolet, il serait de paille, comme dans
la chanson. Miséricorde du ciel! Est-ce qu'il faudra que je les tue avec les ongles et les dents?

ARTABAN

Il y a quelque chose de superbe dans son air,
et le drôle, après quelques leçons, figurerait à miracle un héros de tragédie.

TABARIN

Vous qui parlez, oui, vous ! là-bas, donnez-moi
votre épée. Mordieu ! donnez-la moi, ou je m'en
vas la prendre.

TÉLAMIRE

Vous ne nous aviez point prévenus, Polyandre,
qu'il nous serait donné un rôle dans la parade.
Mais, puisqu'il le faut, allons, Artaban, prêtez à

ce farceur votre glaive invaincu, Sa comédie, à ne
vous rien céler, commence à me divertir singulièrement.

*(Artaban se lève, s'approche du tréteau, tire son
épée et la remet à Tabarin.)*

TABARIN

Ah ! vous, monsieur, merci.

*(D'un geste, il écarte le rideau et bondit dans l'in-
térieur de la baraque, se précipite sur sa femme, qui
veut fuir et qui crie, lui enfonce l'épée dans la gorge,
la retire sanglante, remonte épouvanté, à reculons,
l'escalier qui conduit au tréteau, et reparaît devant le
public, levant au ciel la lame d'où tombent des gouttes
de sang, et si pâle, si terrifié et si terrifiant, qu'un cri
d'admiration s'échappe à la fois de toutes les bouches,
et que précieux et précieuses, bourgeois, clercs, filles et
tire-laine, toute la foule, éclate en un tonnerre d'ap-
plaudissements ! Puis Tabarin laisse choir ses bras, et
tombe à genoux, hébété, pendant qu'on applaudit de
plus en plus.)*

TABARIN

avec des bégaiements

Ah! misérable ! Tu l'as tuée ! Francisquine! Ta
petite Francis! Ton petit quine! Ah! misérable!
(Il regarde l'épée et la prend à deux mains.) Ah!
lame de malheur ! *(Il la brise contre son ventre.)*

TÉLAMIRE

N'ayez point d'inquiétude au sujet de votre épée, Artaban. Les bateleurs ont coutume de changer les objets qu'on leur confie, lorsqu'ils seraient dans la nécessité de les gâter de quelque façon que ce soit.

(Cependant, dans l'intérieur de la baraque, Fran- çisquine n'est point morte. Saignante, la main sur sa plaie, elle se traîne vers le petit escalier, le monte pé- niblement, et se trouve enfin sur le tréteau, devant toute la foule, pareille à un animal blessé, haineuse et hagarde. Tabarin, abîmé dans l'horreur, ne l'a ni vue ni entendue venir. Elle s'imbibe la main de sang dans sa blessure et, brusquement, elle en barbouille les lèvres de son mari. La foule respire à peine. L'admiration est telle qu'on oublie d'applaudir.)

TABARIN

Ah! toi! toi! toi! Oui, ton sang, je veux le boire! Donne, encore! Je l'aime! Je suis affreux, je t'ai fait du mal. Ne meurs pas! Pardon! Tu com- prends, je t'avais vue... avec l'autre... mais ce n'est rien, j'ai eu bien tort... Ne va pas mourir! Ah! ma petite colombe, baise-moi... ne t'en vas point! Dire que tu souffres, et que j'en suis la cause! Ce n'est pas grave peut-être, je n'ai pas osé appuyer. Un médecin! Allez chercher un mé- decin! Mais, tas de misérables! vous ne voyez

donc pas que c'est vrai, et qu'elle meurt? Tu m r
regardes avec des yeux terribles. Veux-tu que
j'aille te chercher le garde, dis? Pourvu que tu ne
sois plus fâchée, qu'importe à qui tu souriesir
Veux-tu me tuer, toi aussi? Il reste encore de
morceaux de l'épée; tiens, prends! Mais, tiensoi
vois, c'est très pointu, prends donc! Ah! chériei

(*Toutes les bouches sont béantes. Quelques yeux
pleurent. « Voilà une fort agréable comédiennei
dit Télamire; et ne croirait-on pas que le sang es
du sang véritable? Cependant Francisquine, claquan
des dents et râlant, a saisi le tronçon d'épée que lu
tendait Tabarin; elle rampe, les yeux hors de la têtes
hideusement pâle, vers son mari, toujours agenouillé
qui déchire sa souquenille et offre sa poitrine nue. Mais,
au moment où la main va frapper, la face se contracte
dans une convulsion suprême, et Francisquine retombe
à plat ventre, la tête sur les genoux de l'homme. Elle le
mord à la cuisse, puis tout son corps se tend.*)

FRANCISQUINE

Canaille! (*Elle a rendu l'âme. Des bravos, des cris,
des trépignements retentissent de toute part. Les gens de
cour eux-mêmes sont émus et debout; et toute la gloire
tumultueuse qu'un comédien peut envier environne le
misérable histrion.*)

ARTABAN

Ah! par les dieux immortels! on ne saurait rien

voir de plus parfaitement joué. Daignez agréer,
chère Télamire, que j'offre votre bouquet de roses,
moins fraîches, je le confesse, que celles de votre
teint, à cette admirable comédienne...

*(Artaban s'approche, le bouquet à la main. Mais,
de près, il voit le sang qui coule en effet, comprend
tout, recule, plein d'une brusque horreur, et son effroi,
en un instant, se communique à la foule.)*

TABARIN
debout, avec une voix de tonnerre

Les exempts! les exempts! J'ai tué ma femme
Qu'on me pende!

LES

Noces de Frédérick

C'est à vous, mon ami, que je dois de connaître cet homme singulier. Vous souvient-il de la
première rencontre que j'en fis, grâce à vous?

C'était à la campagne, dans votre si charmante
habitation de L***. Il y avait là de grands chasseurs; moi, je ne le suis guère, et tandis qu'ils
allaient en foule battre les taillis où pullulent les
bêtes, je demeurais au logis, curieux de feuilleter
votre riche bibliothèque.

Cependant le nombre de vos hôtes s'accrut
bientôt d'un nouveau personnage; c'était un
homme pâle et chétif, très pâle et très chétif.

Bien qu'il parût âgé de trente-cinq ans au plus,
ses cheveux étaient blancs. Il survint à L*** comme
nous allions nous mettre à table. Dès le premier
abord, il m'intéressa vivement, et, quand il me
fut présenté, je répétai son nom à par moi, de
manière à ne pas l'oublier.

Frédérick était, comme moi, peu accoutumé aux rudes exercices de la chasse; comme moi, curieux de livres rares et de gravures avant la lettre; si bien que, chaque soir, lorsque les chasseurs hal.tants revenaient en tumulte, ils nous trouvaient, l'un et l'autre, plongés dans quelque lecture, devant la cheminée de la salle basse, en face d'un petit feu que les humidités de l'automne rendaient déjà nécessaire.

Quinze jours écoulés, une agréable familiarité s'établit entre Frédérick et moi. Quand il me fut permis de lire dans son âme, j'éprouvai des surprises sans égales; pour si étrange que fût son extérieur, je n'avais point été préparé à des découvertes semblables; et chaque fois qu'il m'offrait l'occasion d'explorer sa nature très compliquée, j'avais des étonnements analogues à ceux d'un homme de sang-froid auquel il serait donné d'analyser, jusque dans leurs moindres détails, les rêves d'un mangeur de hachisch.

— Il est certain, me disait-il un jour, que le néologisme *sensitivité* serait merveilleusement applicable à la faculté maladive qui distingue mon tempérament. Les hommes, les événements, les choses, m'impressionnent d'une façon profonde et spéciale. J'éprouve pour les objets repoussants une horreur inconnue aux autres hommes, et cette horreur se trahit par des signes physiques en

général très ridicules; les aspects agréables me
troublent aussi au-delà de toute mesure : là où
vous sourirez à peine, j'éclaterai de rire. L'exagé-
ration est en moi : ce que je ressens, vous le res-
sentirez, mais beaucoup moins fortement. Je ne
vais pas à la chasse; savez-vous pourquoi? Les
coups de fusil m'effraient. Entendez-moi : ce
n'est point le péril résultant d'un coup de fusil
qui m'inquiète; je me rends parfaitement compte
des situations et je sais que je ne cours aucun
danger; d'ailleurs, j'ai été marin, je pousse souvent le courage jusqu'à la témérité, et s'il fallait
attendre la mort devant une carabine braquée, je
l'attendrais. Non, ce que je crains, c'est le bruit!
c'est la commotion imprimée aux nerfs de l'oreille,
c'est le soubresaut physique indépendant de
la volonté. De même, le rire d'une personne
joyeuse, c'est-à-dire le signe extérieur de la joie,
m'émeut bien plus que ne le pourrait faire la
cause de cette joie, si elle m'était dévoilée. Vous
devez comprendre les désagréments auxquels m'ex-
pose une pareille manière d'être. Je découvre des
choses anormales, très gaies ou très lamentables,
là où il n'y a rien que de très naturel. Si je vous
racontais ma vie, vous ne la jugeriez sans doute
ni plus ni moins remarquable que celle de tout le
monde; à mes yeux, elle est la plus fantasque
que jamais homme ait vécue. Puis, je dois

10.

l'avouer, j'ai l'effroi instinctif du surnaturel. Je
ne crois certes point aux apparitions nocturnes, aux
fantômes voilés de blanc, mais ma nature physique les redoute. Tenez, à cette heure, je suis certainement très calme et très rassis. Eh! bien, les
mots que je viens de prononcer m'ont tellement
disposé à la crainte que, s'il vous arrivait de crier
par jeu : « le diable, voici le diable! » tout en
étant bien convaincu du ridicule de votre avertissement, je me hâterais, oh! oui, je me hâterais
de fuir à toutes jambes! »

En parlant ainsi, Frédérick avait le frisson.

— Mon cher ami, lui dis-je, vous êtes un
homme surprenant, et je serais curieux de connaître l'histoire de votre vie.

— Ce serait trop long, répondit-il, et d'ailleurs
ennuyeux, mais je veux bien vous raconter une
de mes aventures les plus récentes. Peut-être vous
semblera-t-elle fort simple; moi, j'ai cru y reconnaître l'intervention d'une horrible fatalité.

. . . .

J'étais à Paris, il y a deux ans. C'était un vendredi. Remarquez que c'était un vendredi. Je
descendais la rue des Martyrs.

La fantaisie me prit (à coup sûr je ne saurais
dire pourquoi) d'aller consulter une tireuse de
cartes qui logeait en ce temps rue Olivier, et dont
récemment un de mes amis m'avait vanté la

science. Arrivé devant la porte, j'hésitai. « Si cette femme, pensais-je, me prédit quelque chose de fâcheux, je sortirai de chez elle dans une horrible inquiétude d'esprit. » Le démon me poussa. J'entrai. J'avais à peine monté les premières marches de l'escalier, lorsque je rencontrai une jeune fille qui descendait et dont la beauté me frappa. Je me rangeai pour la laisser passer, puis je repris mon ascension. La tireuse de cartes me reçut fort bien et m'offrit sur-le-champ de me faire l'expérience de son habileté. J'y consentis. Elle étendit sur une table verte le jeu révélateur et marmotta d'abord quelques paroles insignifiantes. Puis, à un moment donné, elle se leva.

— Vous avez rencontré une jeune fille sur l'escalier ? s'écria-t-elle.

— Il est vrai, répondis-je.

— C'est étrange. Ecoutez-moi. Vous ne serez jamais le mari de cette enfant.

— Je ne la connais point.

— Vous ne lui parlerez jamais ; elle ne vous parlera jamais.

— Rien de plus naturel.

— Vous ne la reverrez jamais.

— Evidemment.

— Enfin, elle mourra ; oui, elle mourra, dans cette maison, bientôt, bientôt, demain, peut-être.

Oui, demain; certainement, demain! Et cependant...

— Et cependant?

— S'il se passait entre ma fille et vous ce qui se passera entre cette femme et vous, oh! je crois que je tuerais ma fille!

— Madame, dis-je alors, vous avec des emportements de mauvais goût, et je ne viendrai plus vous voir.

Je me retirai sans tarder, en laissant une pièce de cinq francs sur la table.

Vous croyez, n'est-ce pas, que je perdis bientôt le souvenir des paroles de cette sotte, et qu'elles n'occasionnèrent aucun changement dans ma vie? Loin de là. Chaque nuit j'avais des cauchemars effroyables; la tireuse de cartes m'apparaissait et répétait dans l'ombre sa prédiction. Je m'inquiétais beaucoup de la manière dont cette prédiction se réaliserait; les contradictions qui s'y rencontraient me la faisaient voir plus mystérieuse, mais non moins redoutable. Au bout de quelques jours, elle fut ma pensée unique. Je ne travaillais plus. Je mangeais à peine, et cela aux heures les plus fantasques. Je me brouillais avec des amis que j'oubliais de saluer dans la rue.

Je résolus alors — vous savez que je suis peintre — de faire un voyage en Normandie, le sac sur le dos. Dès ma décision prise, je partis.

Un soir, vers neuf ou dix heures, ayant marché
une partie de la journée, je me croyais assez proche d'un petit village où je devais passer la nuit;
mais je m'étais égaré sans doute, car je continuai
mon chemin pendant longtemps, sans rencontrer
autre chose que des habitations éparses. Une pluie
survint, très violente, je me mis en quête d'un
abri. Il n'y avait devant moi que la grande
plaine sombre, toute nue. Je marchai encore.
Une masse noire surgit à l'horizon; je pressai le
pas, je l'atteignis. Selon toute apparence, c'était
une auberge; la porte de la cour était ouverte et
cette cour était pleine de charrettes qui parmi les
ténèbres revêtaient à mes yeux des formes fantas-
tiques. Vous vous imaginez sans doute que je me
hâtai de frapper à quelque contrevent, d'éveiller
quelqu'un, et de demander un gîte? En effet, cela
eût été tout simple. Dans une auberge, on peut se
permettre de déranger les gens, à la condition de
les bien payer. Ce plan, je le conçus, mais je me
gardai bien de le mettre à exécution. Cogner contre des planches vermoulues, qui peut-être auraient
rendu un bruit sinistre; faire lever des gens profondément endormis; me trouver en face d'une
servante rechignée qui n'aurait pas manquée de
me recevoir fort mal; tout cela formait un ensemble d'extrémités épouvantables auxquelles je vou-
lus me soustraire à tout prix. J'entrevis plus favo-

rablement la perspective de dormir sous un han-
gar, parmi la paille, de m'exposer à être considéré le lendemain comme un vagabond par tous
tous les gens du lieu, que celle très satisfaisante
de me coucher dans un lit confortable, après avoir
agité un volet et fait venir une servante.

Telle est ma nature, qui me pousse à subir des
ennuis véritables et à affronter de réels dangers
plutôt que de braver des gênes insignifiantes.
Cependant la pluie redoublait; il n'y avait pas de
hangars dans la cour; je m'étendis dans une char-
rette; l'eau passait à travers la bâche et je recevais
sur la tête le jet d'une gouttière insupportable.

Je fis une nouvelle exploration. Un grand car-
rosse noir était là, qui me parut avoir quelque
analogie avec les véhicules où les boulangers des
villes enferment le pain pour le porter à domicile.
Je fis le tour de cette voiture; elle était close de
toute part; mais en tâtant l'arrière-train je décou-
vris une serrure. Par un hasard miraculeux, les
deux battants se disjoignirent. O contradictions
d'un tempérament ridicule! je puisai l'audace de
crocheter une porte dans la crainte d'en faire
ouvrir une autre.

Je jetai les yeux dans l'intérieur de la voiture;
elle me parut très profonde. Avec de grands
efforts, je me hissai tout entier jusqu'à l'ouver-
ture, et, avançant à plat ventre, je me logeai, tant

bien que mal. Un objet très dur, qui était dans
le fond, me servit d'oreiller, et bientôt je m'endormis d'un sommeil pacifique.

Tout à coup, je m'éveillai, j'avais peur ! j'avais
peur ! Mes cheveux se dressaient, mes dents cla-
quaient, j'avais peur ! de quoi ? Pourquoi ? Impossible de le découvrir. Je me rappelais très clairement tout ce que j'avais fait : j'avais ouvert une
voiture, je m'étais couché dedans, je m'étais
endormi. D'où provenait cette crainte horrible,
intolérable ? Etait-ce le bruit de la pluie sur les
toits qui m'effrayait ? Etaient-ce les sanglots du
vent, ou la nuit, ou la solitude ? Oh ! avec quelle
ardeur je désirais le jour, le jour qui allait me
délivrer ! Et le jour ne venait pas. Viendrait-il
seulement ? Pourquoi ne sortais-je pas de ma niche,
allez-vous dire? Parce qu'il m'eût été impossible
de faire un seul mouvement, parce que mon corps
était pétrifié, parce que j'avais peur ! Le jour ne
venait pas encore, et cependant il y avait longtemps, oh ! bien longtemps que j'étais là. Alors
je me fis cette réflexion, que le jour devait avoir
paru, mais que la porte de la voiture s'était refer-
mée sous le vent. Je réunis mes forces pour lan-
cer un coup de pied vers le fond ; le bois cria, la
lumière m'envahit. O incomparable terreur ! J'a-
vais passé la nuit dans l'une de ces horribles voitures noires et vertes dont on use pour le trans-

port des cadavres ; j'avais dormi la tête appuyée
sur un cercueil de plomb. »

Frédérick, haletant, fit silence.

— Une heure après, reprit-il lentement, je
m'informai auprès d'un homme habillé de noir qui
avait passé la nuit dans l'auberge et qui était le
cocher de cette voiture. Le corps contenu dans
le funèbre véhicule était celui d'une jeune fille
morte à Paris, rue Ollivier.

Tel fut, mon cher ami, le récit de cet homme ;
à peine était-il achevé, que les chasseurs envahi-
rent la salle, et ce jour-là, je m'en souviens, vous
aviez tué quatre lièvres.

LA

Vengeance de Milady

Milady M... n'a de réellement anglais que ses chevaux, son groom et son mari.

Elle tient beaucoup à son groom et à ses chevaux, très peu à milord M...

Quand une femme, une ou deux fois, a trompé son mari pour un ou deux sots qui ne le valaient pas, l'habitude lui rend un amant aussi indispensable que le sont un métier et une boîte à ouvrage à ma petite cousine quand elle brode. Désormais il lui faut, et sans cesse, près d'elle, la vie d'un homme pour tramer ou broder ses fantaisies cruelles, le cœur d'un homme pour pelote où enfoncer les aiguilles de ses taquineries. Quelquefois, il est vrai, par caprice ou par ennui, elle se débarrasse tout à coup de l'amour et de l'amant. De même ma petite cousine, lasse d'avoir vingt fois refait la même fleur rose et verte, brusquement

se mutine, frappe du pied et ferme sa boîte; ce qui
n'empêche point que, le lendemain, blottie dans
l'embrasure de la fenêtre, l'aiguille de bois en
main, on la retrouve plus que jamais attentive;
seulement le dessin de sa broderie est changé.
Du reste, ainsi que l'on brode sans y penser, on
a un amant sans l'aimer; ces petites distractions
de tête laissent toute liberté de cœur. La femme
qui, un jour de pluie ou de bal remis, a jeté son
amant à la porte de sa vie et de son boudoir, le
soir même de ce jour réparera la brèche faite à
ses habitudes et remplira la place vide de son
ottomane, à moins qu'elle ne préfère voir l'ennui
se glisser dans son existence comme un lézard
dans les trous des ruines inhabitées. Et c'est vainement qu'elle voudrait tenir la bride à ce cheval
de manège qu'on appelle l'habitude; si elle essayait de lui résister, bientôt, la force de l'un crois-
sant en proportion des efforts négatifs de l'autre,
bientôt, en trois jours, vaincue, au lieu d'un amant
elle en prendrait deux!

Milady M... est si bien convaincue de l'inuti-
lité de toute résistance, qu'elle n'a jamais songé à
en faire. C'est une femme dont le cœur a du bon
sens. Ne pouvant se dérober à certaines exigences
elle s'y soumet de bonne grâce. Comme elle est
très riche et d'excellente naissance, l'opinion des
ens ne l'inquiète guère. Quant à son mari, il

voyage au printemps, dort en été, chasse en automne, et joue la bouillotte en hiver.

La crainte de ce vide morne qui se produit autour d'une femme sans amour est si grande chez elle, que l'idée seule l'en fait frissonner de ses tempes roses à ses pieds blancs; elle se résignerait à faire un mauvais choix plutôt qu'à n'en pas faire. Elle a horreur de l'interrègne; pour l'éviter, elle irait, en cas d'urgence, jusqu'à enfreindre la loi salique. Parfois même, tant elle a zèle et terreur! elle dispose, comme s'il était défunt, des dépouilles d'un amour qui râle seulement. Douleur hâtive, elle porte le deuil d'un vivant. Consolation prématurée, les baisers d'une autre bouche boivent sur ses joues des larmes qu'elle n'a point encore motif de pleurer; et tel se croit successeur légitime qui n'est qu'usurpateur.

Le matin où commence cette histoire, milady M..., blanche et blonde comme une vapeur dorée par le soleil, sommeillait encore parmi des nuages de soie et de dentelles, lorsqu'une femme de chambre entra sur la pointe du pied, fit bâiller discrètement les rideaux des fenêtres, et remit une lettre à sa maîtresse. Milady, très lentement, rompit le cachet, se frotta les yeux avec beaucoup de grâce et lut, non sans surprise, le billet que voici :

« Milady et chère Juliette,

« Dans deux heures, il y aura cinq semaines que j'ai mis pour la première fois mes lèvres au bout de votre gant, un gant à la nuance indécise et charmante, comme il n'y en a que sur vos mains.

« Dans deux heures aussi, il y aura exactement un mois que vous avez laissé tomber pour la première fois vos doigts nus sous mes baisers, de petits doigts à la blancheur rose, comme il n'y en a que dans vos gants.

« Vous aviez mis une semaine entière à vous déganter, semaine charmante, toute remplie des impatiences de l'attente et des coquetteries de l'incertitude.

« Après ces huit jours, manière de stage usité entre gens qui savent vivre, mais qui ne savent pas aimer, le charme se dissipa peu à peu, et nous avons cessé de nous plaire dès le soir où nous nous sommes plu définitivement.

« Bientôt, chère Juliette, nous nous détesterions; tu ne manquerais pas de conter à madame X... ou à madame Z..., mille choses de nature à compromettre mon avenir auprès d'elles; de mon côté, peut-être, je calomnierais tes cheveux ou tes dents, ce qui te nuirait dans l'estime de M. de B... De grâce, mylady, évitons ce dénoûment ridicule, et cessons de nous aimer, de peur de nous haïr.

« Adieu.   « AURÉLIEN DE P. »

— L'impertinent! dit milady Juliette, quand elle eut achevé de lire.

Elle se laissa glisser de son lit et nicha ses petits pieds roses dans les mules de satin bleu que lui présentait Mariette.

— On avait raison, reprit-elle, il est amoureux ou de cette petite des Bouffes qui a des yeux tout drôles.

Elle fit un pas et bâilla tendrement.

— Au fait, continua t-elle, Aurélien n'a pas eu mauvais goût. Elle est fort belle cette petite. Mariette, mon chocolat! Elle a les cheveux noirs. C'est très joli. Comment me vengerai-je?

Et milady, mi-vêtue d'un peignoir de malines, souriant, non sans quelque malice, à la délicieuse image de femme que lui renvoyait un grand miroir placé en face d'elle.

Pendant ce temps, que faisait Aurélien de P...? Il déjeunait d'un merveilleux appétit, en compagnie de mademoiselle Eusèbe, cette petite des Bouffes, que distinguent des yeux très drôles, selon l'expression de milady.

Aurélien de P... a vingt-six ans et cinquante mille livres de rentes.

Il fume de véritables havanes et monte des arabes pur sang.

Il s'habille chez les meilleurs tailleurs de Londres.

On s'expliquera difficilement qu'avec tant de mérites et l'expérience qu'ils avaient dû lui valoir, M. de P.... ait pu se rendre très grièvement épris de la petite Eusèbe. Il est vrai qu'elle est adorable avec son corps souple et membru de minette qui se pelotonne, ses chairs blanches où luisent des reflets d'argent doré comme dans une jatte de lait exposée au g and soleil, ses lèvres charnues, d'un rouge de morsure, et ses paupières napolitaines; taillées dans le zeste d'une orange; mais beaucoup d'autres l'avaient admirée sans l'aimer; et c'est une fille peu célèbre, absurde au théâtre, médiocre à souper, parlant peu, mangeant beaucoup, et dont on s'accorde à dire qu'elle a le homard triste.

Le fait est, cependant, qu'il l'adorait au point de se montrer avec elle dans les avant-scène découvertes, de la conduire au bois dans sa voiture, d'en être jaloux avec frénésie et de lui avoir donné son petit hôtel de l'avenue de Marigny, charmant comme un pavillon de favorite avec ses vitres peintes et ses balcons légers où fleurissent des lauriers du Bengale mêlés à des cactus de Chine. De son côté, Eusèbe était très amoureuse d'Aurélien; elle s'était rangée, elle avait cessé de voir quelques-unes de ses amies un peu trop compromettantes; de telle sorte que, ridicule ou non, M. de P... se trouvait heureux, et rien

ne manqua plus à son bonheur le matin de sa
rupture définitive avec milady, mademoiselle Eusèbe, en échange de ce sacrifice, ayant poussé
la condescendance jusqu'à promettre de ne plus
tutoyer son coiffeur.

Mais quoi ? il n'est pas de bonheurs éternels.
Le lendemain soir, M. de P... trouva dans la
chambre d'Eusèbe une canne qui n'était pas à lui.
Une canne, indice révélateur. Interrogée, Eusèbe
dit : que tu es bête ! et l'on parla d'autre chose.
Mais Aurélien n'était plus tranquille.

Quelques jours après, il vit au bras de la petite
un bracelet qu'il ne lui avait pas donné. C'était
un bijou de prix, remarquable surtout par un
camée entouré de perles, où s'enlaçaient deux
anges vêtus de leurs ailes blanches.

— Où avez-vous pris ce bracelet ? demanda
Aurélien.

— C'est du faux, dit Eusèbe en rougissant.

Cette nuit-là, Aurélien dormit mal.

Une autre fois, sur le coin d'une cheminée, il
trouva une lettre. Il semblait qu'une main invisible, ayant quelque intérêt à lui prouver l'infidé-
lité d'Eusèbe, plaçait à sa portée les pièces de
conviction. Cette lettre, datée du matin, contenait
cinq mots : « Seras-tu seule ce soir ? » d'une
écriture très fine, suivis d'une signature volontai-
rement illisible. La première pensée d'Aurélien

fut d'étrangler Eusèbe; la seconde de se pendre lui-même; la troisième, à laquelle il s'arrêta, d'attendre jusqu'au soir et de surprendre les coupables. Il dit à Eusèbe : « A propos, je rentrerai un peu tard cette nuit, » et s'en alla chez lui où il s'occupa tout d'abord à vérifier la lame d'un excellent stylet qu'il avait acheté à Venise et à charger un revolver qui lui avait été expédié de New-York. Car M. de P... est assez violent de sa nature, et, dramaturge, il ensanglanterait volontiers les dénoûments.

Vers dix heures du soir il se rendit à pied avenue de Marigny.

Un coupé stationnait devant l'hôtel. Pas d'armoiries. Un cocher endormi dans son carrick où il s'enfonçait jusqu'aux oreilles, et qu'il eût été imprudent d'éveiller. Aurélien crut avoir déjà vu, sur quelque siège, le bout du gros nez rouge qui dépassait le manteau, mais il n'aurait pas osé l'affirmer. Une seule fenêtre de l'hôtel était éclairée, celle d'un petit salon du rez-de-chaussée, dont les autres fenêtres donnent sur le jardin, et dans lequel des hamacs et des lits de repos sont disposés pour les siestes de juillet. Eusèbe avait un goût prononcé pour cette pièce et devait se plaire à y recevoir son amant. M. de P... s'était procuré la clef de la petite porte du jardin, dont le mur continue la façade. Il l'ouvrit sans bruit et se rapprocha des fenêtres qu'il n'avait pu voir du dehors; les volets étaient clos. Ne pouvant épier de ce côté, il avisa la porte de l'office restée entr'ouverte, la fit bâiller justement assez pour donner passage à son corps, traversa la cuisine, la salle à manger, et, arrivé dans l'antichambre, se rapprocha à tâtons de la chambre suspectée que trahissaient des lueurs passant sous la porte. Là, retenant son haleine, il prêta l'oreille. Rien d'abord. Bientôt le bruit d'une étoffe de soie qui tomberait d'un meuble; puis deux voix qui riaient, mêlées. Il reconnut la voix d'Eusèbe. L'autre voix ne lui était pas inconnue. Le traître, sans doute, était de ses amis. Une voix très voilée, très douce, singulière. On parlait bas, d'ailleurs. Il eût voulu entendre, pour être tout à fait certain. Il écouta encore. Enfin ces mots lui arrivèrent un peu confus : Ma chère Eusèbe! il n'y tint plus, et tourna violemment le bouton de la porte. Elle était fermée au verrou. Un grand bruit se fit dans la chambre, de chaises renversées, de fenêtres qu'on ouvre. M. de P... qui était très robuste, enfonça la porte. Il arriva justement pour voir se refermer, poussée du dehors, l'une des fenêtres qui donnent sur le jardin. Un chapeau d'homme était sur un meuble, à côté d'une canne, celle même qu'il avait trouvée quelques jours auparavant. Eusèbe, effarée, se cachait la tête dans sa robe. Aurélien, ne se con-

12.

naissant plus, sauta dans le jardin à la poursuite de son rival ; mais celui-ci avait l'avance et refermait déjà la porte du jardin en éclatant de rire. D'un bond, M. de P... fut dans la rue, et put apercevoir, à la lueur des lanternes, le fuyard qui remontait dans sa voiture. C'était un jeune homme très blond, très pâle. « Arrêtez ! » cria Aurélien. Le coupé était déjà parti. Que faire ? M. de P... s'élança à sa poursuite, et, grâce à des efforts désespérés, l'ayant rejoint au tournant d'une rue, parvint à se cramponner derrière. Situation absurde. Les chevaux se maintenaient au grand trot. Impossible d'atteindre à la portière. De temps en temps, un rire mal étouffé parvenait aux oreilles du jaloux, qui grinçait des dents. Mais il fallait attendre que la voiture s'arrêtât. On riait toujours. Il s'arma de patience. Le coupé venait de tourner dans la rue de la Chaussée-d'Antin et roulait beaucoup moins vite. M. de P... fut stupéfait. Qu'y avait-il d'étonnant pour lui à ce que le bon ami de sa maîtresse demeurât rue de la Chaussée-d'Antin ? Les chevaux s'arrêtèrent devant le n° 31. Aurélien se hâta de quitter sa ridicule posture et se précipita furieusement vers son rival, qui descendait de voiture. Mais celui-ci, peu ému, lui dit d'une voix très douce :

— Comment se porte M. de P... depuis que je n'ai eu le plaisir de le voir ?

— Milady ! Juliette ! vous !

Naïs & Amymone

I

Vous jugez de leur épouvante. Etre vues ainsi,
en plein jour, à travers les branches! Les feuilles
de saule, c'est presque aussi transparent que la
batiste. N'avoir eu que cette chemise de verdure!
Cette Clémentine était une folle, vraiment. Les
jeunes filles ne se rendent pas compte des choses;
ce n'est pas Jane, une veuve qui aurait eu cette
idée. Pourtant, il faut dire que c'était bien ten-
tant : la chaleur lasse de midi, l'eau si claire et
si fraîche, qu'éraille la pointe des ramilles; la
solitude absolue, là-bas un rideau d'arbres, qui
aveugle les fenêtres du château; en outre, des
souvenirs d'églogue, Chénier et Banville relus
hier soir près de la fenêtre ouverte aux brises
d'été; un peu de colère contre Naïs ou Amymone, qui n'ont pas besoin, les heureuses nymphes, d'attendre l'hiver pour se décolleter, et

aussi l'inconscient pressentiment de quelque vague
Oaristys, — oh! sans aucun berger, — tout les
avait exhortées à cette blanche folie. D'abord,
assises au bord de la petite rivière, elles avaient
retiré leurs mules mignonnes et leurs bas de soie
rosée. On mouillerait ses pieds, rien de plus.
C'était déjà une mythologie très suffisante. Mais
quoi! l'onde caresse avec tant d'invitante douceur,
et quel mal y a-t-il, je vous prie, à montrer ses
jambes aux petits poissons muets? Comment les
ceintures se dénouèrent, comment les chevelures
déroulées remplacèrent des vêtements plus sérieux,
et comment la naïade frissonna de plaisir en ber-
çant dans ses bras fluides les deux Parisiennes,
c'est ce que personne n'aurait jamais su, si brusquement, je ne sais d'où, de derrière un arbre ou
du sol même de la prairie, n'avait surgi, — j'hé-
site à l'avouer, — un homme! Et notez cette
aggravation: ce n'était pas un paysan. Petits cris
étouffés, effroi qui veut cacher et qui montre,
fuite sous l'eau plus transparente que l'air, robes
saisies, têtes qui se détournent et veulent voir
pourtant, éloignement d'arbre en arbre, derrière
les troncs, puis le parti pris de la course à
travers champs, le rideau d'arbres, là-bas, atteint
et dépassé, le rhabillement qui se hâte, et enfin
la rentrée au château, la chute à côté l'une de
l'autre sur la chaise longue du boudoir, et le

« Ah ! mon Dieu ! mon Dieu ! » effaré par lequel
se soulagent les âmes surchargées de terreur, —
tel fut le résultat de l'affreux événement ; et nous
devons rendre à Jane comme à Clémentine
cette justice, qu'une bergeronnette partie en
même temps qu'elles du buisson sous lequel elles
se baignaient, les devança vers le château 'de
quelques secondes à peine.

— Quelle aventure ! dit Jane.

— C'est terrible, dit Clémentine.

— Crois-tu qu'il nous ait vues ?

— Je crois que oui, ma chère. Toi surtout.

— Pas du tout, je me rhabillais.

— Fi ! la menteuse. C'est moi qui remettais
ma robe.

— Oui, sur le bord, d'où elle était tombée.
Après ça, c'est peut-être un aveugle.

— Oh ! non, j'ai vu ses yeux.

— S'il n'avait vu que les nôtres ! Mais au moins,
toi qui l'as regardé, c'est un vieux ?

— Au contraire, un très jeune homme.

— Alors, c'est effrayant.

— Pour moi, je suis bien décidée à en mourir
de honte.

— C'est évidemment ce que nous avons de
mieux à faire.

Et le dialogue continua ainsi, décousu, épars
effaré. Mais, peu à peu, l'épouvante se calma. Les

cœurs tremblants se sentirent moins émus sous
les corsages ragrafés. On se dit que c'était en
somme un passant, un inconnu, quelqu'un qu'on
ne reverrait jamais. Clémentine alla même jusqu'à émettre cette hypothèse qu'elles s'étaient
trompées, qu'elles avaient pris pour un homme
l'ombre de quelque saule bossu. D'ailleurs, la
certitude de leur beauté parfaite atténuait quelque
peu le remords de leur extravagance. La conscience
d'un seul défaut les eût rendues inconsolables. La
nudité, c'est quelque chose comme une confession
physique, et les âmes immaculées se confessent
sans difficulté.

Les deux sœurs en étaient là de leurs réflexions
— car Jane était la sœur de Clémentine, —
lorsque sonna la cloche du dîner, et comme
M. de Seyssel, leur oncle, n'aimait point à attendre,
elles se hâtèrent d'entrer dans la salle à manger,
décidément remises, riant entre elles de petits
rires, et presque heureuses d'avoir à se garder
l'une à l'autre un si épouvantable secret.

— Permettez-moi, mes chères nièces, de vous
présenter mon jeune ami le vicomte de Lorsay,
qui nous fait l'honneur de venir passer un mois
avec nous, dans notre solitude des Ifs.

Il est tout à fait inutile de dire à nos lecteurs
que le vicomte de Lorsay était précisément le
eune homme brusquement apparu derrière un

saule pendant que Naïs et Amymone se baignaient dans la transparence traîtresse de l'onde.

II

Après le dîner, qui ne fut pas exempt de quelque gêne, il y eut entre les deux sœurs une longue conférence. Elles l'avaient reconnu ! C'était bien lui. Incontestablement.

— As-tu vu comme je rougissais? dit Jane.

— Moi, dit Clémentine, j'avais tellement peur, que, lorsqu'il me regardait, je tirais instinctivement mes cheveux jusque sur mes yeux.

— Et ce Worth qui justement m'a fait des manches trop courtes! Je t'assure qu'il me voyait les bras.

— Mais enfin, qu'allons nous faire? nous ne pouvons pas garder ici tout un mois ce monsieur qui.....

— Oh! ce serait affreux.

— C'est dommage, pourtant. Il est bien.

— Assez bien. C'est une consolation.

— A dîner, il a été très convenable. Il n'avait pas l'air du tout de se rappeler.....

— Il cachait son jeu, ma chère. Si nous racontions tout à notre oncle?

— Y penses-tu? Je n'oserais pas.

— Ni moi, certes.

— Si nous disions que nous sommes malades, pour rester dans nos chambres ?

— C'est une idée, cela.

— Eh bien, c'est convenu. Qu'il demeure tant qu'il voudra, nous disparaîtrons.

— Soit. Mais il est tard, va te coucher, petite sœur.

— Oui, oui, dit Clémentine..... C'est le vicomte de Lorsay qu'il s'appelle ?

— C'est le nom que mon oncle a dit.

— Un joli nom.

— Tu trouves ?

— Oh ! il me semb'e.... Mais tu sais, j'avais déjà ma robe, moi !

— Bon, bon, c'est possible, oublions cela. Et va te mettre au lit.

— Mon Dieu, comme tu as sommeil ce soir ! Si tu savais la drôle d'idée que j'ai eue !

— Tu me la diras demain ; bonsoir, Clémentine.

— Bonsoir, Jane ; dors bien.

Et toutes deux, l'une dans son lit de jeune fille, l'autre dans son lit de veuve, rêvèrent jusqu'au lendemain qu'Arthémis chasseresse, surprise au bain et furieuse, perçait de flèches, non sans soupirs, le beau pâtre Actéon.

III

Quand dix jours se furent écoulés, — et vous
pensez bien que ni Clémentine ni Jane n'avaient
tenu leur résolution de se cacher à tous les regards, la situation se détendit un peu. Le vicomte de Lorsay, vraiment, était parfait. Il était
beau, de cette beauté qui se montre d'autant plus
qu'elle ne tient pas, dirait-on, à se faire voir ; très
charmant, il n'avait aucun ridicule à l'être. Pas la
moindre allusion, d'ailleurs. Pas un regard qui
voulût dire : « Ah ! mesdames, vous souvenez-
vous ?..... » Elles en vinrent à penser que peut-
être il ne les avait pas reconnues. La chose, en
somme, était possible. Leurs visages ne lui avaient
apparu qu'un instant. « Tu comprends, disait
Jane, il n'a peut-être pas eu le temps....., quand
on regarde tant de choses à la fois..... » Elles se
tranquillisèrent tout à fait. Elles poussèrent la placidité jusqu'à faire une promenade avec lui, sur le
bord de la petite rivière, pour voir la mine qu'il
ferait.

— Voilà un jo'i arbre, dit-il, en passant devant un saule.

Elles rougirent jusqu'au blanc des yeux, mais
comme il avait gardé en parlant la figure la plus
indifférente du monde, il se pouvait qu'il n'eût

parlé ainsi que par hasard, pour dire quelque
chose.

D'ailleurs, il était fort empressé auprès d'elles,
auprès de Clémentine surtout. Quand elle se tournait de son côté, elle lui voyait des yeux doux,
qui implorent. Le soir, ils chantaient au piano,
elle et lui, pendant que Jane jouait aux échecs
avec son oncle. Chose singulière : bien qu'elle fût
très experte à ce jeu, Jane perdait toutes les parties. Eux, chantaient les duos de Mendelssohn.
Quand ils disaient l'*Eden au bord du Gange*, il
avait des intonations qui la troublaient jusqu'au
fond du cœur. L'eau qui coule dans la brise,
sous les branches, il lui semblait qu'elle la voyait,
et le lit de la rivière, à travers la clarté du flot,
lui apparaissait délicieux et pur, doux, tendre,
presque nuptial. « Ma sœur, disait Jane, voilà
trois fois que vous chantez cette mélodie, ne sau-
riez-vous en choisir quelque autre ? » Clémentine
répondait : « C'est celle que mon oncle préfère. »
Remarquez que M. de Seyssel poussait tout au
plus le dilettantisme jusqu'à ne pas confondre :
Ah! vous dirai-je, maman! avec le quadrille des
Lanciers.

Hors du salon où on se réunissait les soirs, les
deux sœurs, maintenant ne se voyaient guère. On
eût dit qu'elles s'évitaient. Jane se tenait presque
tout le jour dans sa chambre. Les préférences,

pour sa jeune sœur, du vicomte de Lorsay, l'ir-
ritaient-elles un peu? Jeune, belle, veuve depuis
deux ans, avait-elle conçu au fond de soi quelque
projet d'union à peine exprimé, et se sentait-elle
disposée à renoncer à son indépendance pour
l'amour du vicomte? Se remarier, c'est terrible !
mais enfin, depuis l'aventure du ruisseau, le plus
fort était fait.

Quoi qu'il en soit, ce fut avec une mine grave
et presque sévère qu'elle accueillit sa jeune sœur,
un jour que celle-ci la rencontra au jardin, et lui
dit d'un air solennel :

-- Vois-tu, Jane, j'ai dix-huit ans, mais je suis
très sérieuse au fond. Depuis vingt jours, j'ai
énormément réfléchi, et plus j'y songe, plus je
pense que ce qui m'est arrivé dans la rivière est
vraiment épouvantable.

— Il me semble, dit Jane, que la même chose
m'est arrivée à moi.

— Oh! toi, c'est différent, tu es une veuve.

— Ah! tu trouves que c'est différent? Mais où
veux-tu en venir, voyons ?

— Mon Dieu, ma sœur, tu n'es pas sans t'être
aperçue que le vicomte de Lorsay est avec moi
d'une politesse qui ressemble quelquefois à.....

— Moi? je ne me suis aperçue de rien, je te
jure.

— Ah?..... Eh bien, puisqu'il faut que je te

l'apprenne, le vicomte ne serait pas très éloigné,
si mon oncle y consentait...

— De t'épouser ! dit Jane.

— Oh ! tu sais bien que moi, reprit Clémentine, je ne tiens pas à me marier. Je suis heureuse auprès de toi, auprès de mon oncle. Et
puis, le vicomte de Lorsay ne me plaît pas du
tout, non, pas du tout. Mais tu comprends,
puisqu'il faut épouser quelqu'un, il vaut peut-être
mieux que j'épouse celui qui, déjà...

— Comment donc, mais tu avais eu le temps,
disais-tu, de remettre ta robe !

— Oui, dans le premier moment, en effet, il
m'avait semblé... mais depuis, je me suis mieux
souvenue, et c'est toi, j'en suis bien sûre, qui
étais déjà rhabillée !

— Mais point du tout, Mademoiselle. Vous
n'avez eu qu'à tendre la main pour prendre votre
peignoir, tandis que le vent avait emporté le mien.

— Tu te trompes, je t'assure ! et, d'ailleurs,
(il me semble que j'y suis encore), je me trouvais placée devant toi, et ainsi, il ne t'a pas vue
le moins du monde, oh ! mais pas le moins du
monde. Cependant, si tu avais de l'...amitié pour
le vicomte de Lorsay, si tu voulais te remarier,
— tu n'as pas été très heureuse, la première fois,
ma pauvre Jane ! — je me sacrifierais, moi. Mais,
sache-le, j'ai quelque souci de mon honneur, et

si je ne dois pas être la femme de celui que le hasard a placé sur mes pas dans des circonstances bien... pénibles, je ne serai jamais la femme de personne.

— Voyez-vous la petite sotte qui s'imagine qu'on veut lui prendre son amoureux ? Eh, Mademoiselle, épousez-le, autant de fois qu'il vous plaira ! Pensez-vous que je m'en soucie ? Allez, allez, dites oui, et bénissez le saule et la rivière qui vous ont fait vicomtesse.

Là-dessus Jane courut se renfermer dans sa chambre, et le soir, quand elle parut à table, ce fut avec la plus maussade mine du monde. Cependant, elle s'était décolletée.

IV

Le mariage décidé, le vicomte fut ivre de joie, et n'ayant point de confident sous la main, il répandit son ivresse dans une lettre à son ami Fabrice :

« Ah ! mon vieux camarade, c'est le plus heureux des hommes qui t'écrit ! J'adore et je suis aimé, et par qui ? par un ange. Clémentine est pure comme une fleur des champs avant la rosée du matin ! Et ne t'imagine pas que celle que j'épouse soit une petite pensionnaire, chaste à force de niaiserie, et candide par stupidité. Il y a une déesse païenne dans cet ange immaculé. Pure

comme les lys, elle est splendide comme eux.
Ah! sa beauté, mon frère! j'en ai les yeux
éblouis. Semblable perfection n'a jamais été
rêvée. Les nymphes pétries de neige et de roses
auraient l'air de mauricaudes à côté de son corps
divin, et à la beauté suprême de son âme il
n'y a de comparable que l'exquise beauté de sa
forme. Tu ne comprends pas sans doute. Il faut
que je te dise... Toutes les deux, elle et sa sœur,
dans la rivière..., mais non, personne ne doit
savoir, personne! et je ferai raser tous les saules
de la rive. Adieu! je suis heureux, embrasse-moi
je t'aime. »

Le mariage eut lieu.

Quelle main blasphématoire soulèverait les voi-
les des lits hyménéens et porterait un flambeau
curieux dans l'obscurité de leurs chastes délices?

Le lendemain, le vicomte de Lorsay écrivit
encore à son ami Fabrice. Mais cette fois la lettre
ne contenait que quelques mots. Les voici :

« Ah! mon ami, j'en mourrai! C'était l'autre! »

Imagerie Parisienne

I

L'IMPASSE

Eau-Forte

L'endroit, vu le soir, est lugubre. Au premier coup d'œil, on dirait d'un corridor d'égout. Mais l'égout est moins vil. Six maisons à droite, six maisons à gauche, un mur au fond. Le tout sombre et percé çà et là de fenêtres sales où tremblottent des lueurs louches ; les yeux de ces maisons borgnes ont des lunettes de crasse. Dans la rue voisine, le pavé est sec ; ici la boue persiste, elle y est éternelle, comme la neige sur les monts. De la devanture effondrée d'une boutique débordent confusément des formes méconnaissables parmi lesquelles une vieille barrique ouvre son trou plus noir ; il y a dans cette tonne des grouillements de rats. Des bandes de lumière terne, tombées des lucarnes, traversent la rue comme des planches franchissent un fossé, et, dans l'un de ces intervalles où la boue, plus visible, est plus laide,

un chien fouille du museau un tas d'ordures,
pendant qu'un chat se pelotonne en soufflant,
puis saute sur la barrière à claire-voie d'un couloir douteux, qui s'ouvre d'elle-même sous le
choc avec un bruit de sonnerie fêlée. Qui donc
habite ici? Debout sur le trottoir, au point où
l'impasse débouche dans la rue claire et vivante
une femme se tient immobile. Grasse, vieille
déjà, coiffée de rubans rouges, la bouche béante,
l'œil mort, un reverbère l'illumine et la jaunit.
Partout ailleurs, cette femme serait extraordinaire.
Ici elle semble toute naturelle. Elle est le com-
plément, horrible et nécessaire, de ce lieu. Elle
résulte de lui, comme la fumée du feu, comme
le parfum des fleurs. Il est possible qu'elle y soit
née, il est probable qu'elle y mourra. On la
ramassera un jour, souillée de boue, ivre ou
morte, là-bas, derrière le tas d'ordures, Ophélie
abominable du ruisseau.

II

LE CHEVAL ET LE CAVALIER

Dessin à la plume

D'abord tout va le mieux du monde. Le cheval
qu'il vient de louer au manège voisin monte les

Champs-Elysées avec une lenteur rassurante; évite
de lui-même les voitures, et s'arrête pour laisser
passer les gens pressés qui pourraient l'écraser.
C'est le dimanche, il y a foule. Le jeune cavalier
est très satisfait. Un lorgnon dans l'œil, il consi-
dère galamment les promeneuses qui vont et viennent, emmitouflées de chaudes fourrures et le
manchon pendu au cou. Quant il croit qu'on le
regarde, il salue au hasard, pour se donner bon
air, la première calèche qui passe. Une seule
chose l'inquiète : le palefrenier du manège lui
ayant demandé s'il voulait des éperons : « Sans
doute, a-t-il répondu, je ne monte jamais à cheval sans éperons. » Maintenant il se pourrait que,
par étourderie ou par suite d'un mouvement trop
brusque, il effleurât de la molette le ventre de sa
monture, et Dieu sait ce qui arriverait alors ?
« Car, se dit-il en caressant avec désinvolture le
cou du maigre animal, je crois qu'il a du sang. »
Mais il n'a pas peur, parce qu'il est très brave et
qu'il monte très bien à cheval. Cependant on ne
peut pas toujours aller au pas; le moment est
venu d'essayer un petit temps de trot; pour le
galop, il verra plus tard; il faut bien connaître
un cheval avant de se hasarder. Le trot réussit
assez bien. A vrai dire, le cavalier ne retombe
pas toujours d'aplomb sur la selle; mais un léger
dandinement ne manque pas de grâce. « Dandi-

13

nement » vient de « dandy. » Il trouve cette réflexion très spirituelle, et s'efforce de sou ire;
mais c'est très difficile, en trottant. Parvenu à la
hauteur de l'Arc de Triomphe, il incline vers l'a-
venue du Bois de Boulogne, au pas, à cause du
tournant. Il veut aller de ce côté-là, qui est
plus élégant. Mais qu'a donc le cheval? Il secoue
la tête, recule de quelques pas, et, en un mot,
refuse catégoriquement de s'engager dans l'avenue. «C'est très curieux, se dit le cavalier. Si je
lui donnais un coup de cravache? Non, je n'aime
pas à maltraiter les animaux. Il ne veut pas aller
à gauche? eh! allons à droite. Se promener dans
la solitude a quelque chose d'agréable aussi. C'est
même beaucoup plus distingué.» Mais la bête,
occupée à brouter un reste de gazon au coin de
l'avenue, ne veut pas aller à droite non plus. Le
cas devient grave. On ne peut pourtant pas se
promener sans bouger de place. Il essaye de prendre l'attitude d'un homme qui attend quelqu'un,
afin de donner à sa monture le temps de changer
d'avis; puis, après quelques minutes, il tire violemment la bride du côté où il prétend aller. Le
cheval de nouveau secoue rudement la tête, en
signe de dénégation sans doute. Or déjà les badauds
s'attroupent. Le cavalier comprend qu'il devient
ridicule et qu'il faut en finir. Il s'établit sur la selle
du mieux qu'il peut, et, résolument, avec un

hop! énergique, il pique des deux! Quel est le
résultat de cette résolution suprême? Le cheval,
qui s'était remis à brouter, lève un de ses pieds
de derrière pour chasser une mouche qui le gêne.
«Oh! oh! s'écrie le cavalier, il rue!» et prudem-
ment, car il tient à sa peau, et sans se soucier
des sourires ni des brocards, il met pied à terre,
prend par la bride l'animal récalcitrant, et le
ramène au manège. Dimanche prochain, il ira à
Montmorency, à cause des ânes.

III

LES BALCONS ROSES

Sanguine

Il y a à Paris, dans les quartiers neufs, pour le
passant qui regarde, un moment furtif et exquis.
L'ombre a gagné d'abord le rez-de-chaussée des
hautes maisons blanches; elle a éteint l'or brutal
des enseignes, et, d'étage en étage, son insensible
escalade envahit presque entièrement les façades,
qui, à présent, semblent voilées d'une gaze noirâ-
tre, bien tendue. On voit transparaître distinctement tous les détails de l'architecture; mais ce qui
avait la blancheur crue de la pierre est devenu
sombre comme une feuille de papier où l'on a

renversé un encrier. Seuls, les longs balcons supé-
rieurs se dérobent encore à l'ascension du crépuscule. Illuminés par le couchant, qui les regarde
par dessus l'épaule des maisons, ils sont roses,
tout roses, d'un rose tendre pareil à celui d'un
jeune visage qui rougit. C'est comme un baiser
d'adieu que le jour pose au front de la ville déjà
ténébreuse, ou plutôt comme un diadème lumineux,
les ferrailles compliquées des balcons imitant des
ciselures. De loin en loin, des arbustes malingres,
qui se dressent hors de leurs caisses vertes, parais-
sent des arbres féeriques, grâce à la clarté rose qui
les baigne, et les serins, dont on ne démêle pas
les cages parmi l'enchevêtrement des branches,
semblent, pendant un instant, des colibris merveilleux. Alors les fenêtres s'ouvrent et les jeunes
filles apparaissent. Pourquoi ? Qui les attire ?
Savent-elles qu'à ce moment les balcons de Paris
sont semblables à des édens suspendus, et, pour
le ravissement d'un passant rêveur, veulent-elles,
par une présence d'anges, compléter ces paradis ?
Elles vont et viennent sur les balcons roses, ou
s'inclinent languissamment. Il y a parmi elles des
enfants, qui sont des chérubins plus petits. L'é-
loignement et la rougeur attendrie du crépuscule
confondent les couleurs diverses de leurs toilettes
dans une teinte uniforme, délicieusement rose.
Leurs manches sont des ailes, et des nimbes, pa-

reils à ceux que l'on voit quand on ferme ses yeux
éblouis par une lumière trop vive, planent sur
leurs chevelures lointaines. Hâte-toi, passant,
hâte-toi de fuir, car le soir jaloux, qui monte sans
relâche, commence à border d'ombre leurs jupes
immatérielles ; bientôt, au lieu de ces précieuses
apparitions, tu ne verrais plus que de jeunes personnes à marier, belles ou laides, qui viennent
prendre le frais entre un rosier nain mort l'hiver
dernier et un serin qui chante faux. Va-t-en ! afin
de garder intact le souvenir du moment furtif où
les jeunes filles de Paris sont des anges.

L'Enterrement Prématuré

Il est certains sujets d'un intérêt très absorbant, mais qui sont trop entièrement horribles pour être du domaine de la fiction pure. Le simple romancier doit les éviter s'il ne veut pas offenser ou dégoûter. Ils ne sont convenablement mis en œuvre que lorsque la sévérité et la majesté de la vérité les sanctifie et les soutient. Par exemple, nous tressaillons de la plus intense des douleurs voluptueuses au récit du passage de la Bérésina, du tremblement de terre de Lisbonne, de la peste de Londres, du massacre de la Saint-Barthélemy, ou de la suffocation de cent vingt-trois prisonniers dans le Trou-Noir de Calcutta. Mais dans ces récits, c'est le fait, — c'est la réalité, — c'est l'histoire qui émeut. Comme inventions, nous les regarderions simplement avec horreur.

J'ai mentionné quelques-unes des plus éminen-

tes et des plus augustes calamités qu'on relate;
mais, dans celles-ci, c'est l'extension non moins
que le caractère de la calamité qui impressionne
si vivement l'imagination. Je n'ai pas besoin de
rappeler au lecteur que du long et sinistre cata-
logue des misères humaines j'aurais pu extraire
quelques cas individuels plus remplis de souffrances essentielles qu'aucune de ces vastes généralités
de désastres. La vraie misère, en effet, le suprême
malheur est particulier, non diffus. Que le maximum spectral de l'agonie soit enduré par l'homme-
unité et jamais par l'homme-foule, — c'est ce
dont il faut remercier un Dieu charitable !

Etre enterré vivant est, sans contredit, le plus
épouvantable maximum d'angoisse qui soit jamais
échu en partage à la simple humanité. Que cela
soit arrivé fréquemment, très fréquemment, ceux
qui pensent ne le contesteront point. Les limites
qui séparent la Vie de la Mort sont au plus haut
degré ténébreuses et vagues. Qui dira où finit
l'une et où commence l'autre. Nous savons qu'il
y a des maladies présentant des cessations totales
de toutes les fonctions apparentes de la vitalité,
et dans lesquelles, néanmoins, ces cessations, à
les bien nommer, sont simplement des suspensions.
Ce ne sont que des pauses temporaires dans l'in-
compréhensible mécanisme. Une certaine période
s'écoule, et quelque invisible et mystérieux prin-

cipe met de nouveau en mouvement les ailes
magiques et les roues enchantées. La corde d'argent n'était pas détendue à jamais, ni l'archet
d'or irréparablement rompu. Mais où, dans l'intervalle, était l'Ame?

Abstraction faite, d'ailleurs, de cette inévitable
conclusion *a priori* que les mêmes causes doivent
produire les mêmes effets, — que l'occurence
avérée de ces cas de vitalité suspendue doit naturellement donner origine par-ci par-là à des enterrements prématurés, — abstraction faite de cette
considération, nous avons le témoignage direct
d'expériences scientifiques et vulgaires pour prouver qu'un grand nombre de ces enterrements a
eu lieu en effet. Je pourrais renvoyer, s'il était
nécessaire, à une centaine de cas bien authentiques.
Il s'en est présenté un d'une nature très remarquable, il n'y a pas longtemps, dans la cité de
Baltimore, où il occasionna une émotion doulou-
reuse, intense et très étendue.

L'un des plus respectables citoyens — homme
de loi éminent et membre du Congrès — vit sa
femme saisie d'un mal soudain et inexplicable qui
déjoua l'habileté des médecins. Après beaucoup
de souffrances, la dame mourut ou fut censée
mourir. Nul ne soupçonna, en réalité, ou n'eut
lieu de soupçonner qu'elle ne fût pas morte effec-
tivement : elle présentait toutes les apparences

ordinaires de la mort. La face prit les contours
habituels, affaissés et pincés. Les lèvres avaient la
pâleur de marbre accoutumée. Les yeux étaient
sans éclat. Il n'y avait pas de chaleur. La pulsation avait cessé. Le corps fut conservé trois jours
sans être inhumé, et durant ce laps, il acquit une
rigidité pierreuse. Bref, on hâta les funérailles à
cause du progrès rapide de ce qu'on supposait être
la décomposition.

On déposa la dame dans un caveau de famille,
lequel, pendant les trois années subséquentes, demeura intact. A la fin de cette période, il fut ouvert pour recevoir un sarcophage. Mais, hélas!
quelle effroyable commotion attendait le mari,
qui, en personne, ouvrit la porte! Comme les
battants se projetaient en dehors, un objet enve-
loppé de blanc lui tomba, en cliquetant, dans les
bras. C'était le squelette de sa femme dans son
linceul, non décomposé encore.

Une investigation minutieuse rendit évident que
la dame avait revécu dans les deux jours consé-
cutifs de son enterrement; — que ses efforts en
dedans du cercueil avaient fait tomber celui-ci,
d'un rayon, sur le sol où il s'était cassé de manière à permettre à la victime de s'échapper.

Une lampe accidentellement laissée pleine
d'huile, à l'intérieur du sépulcre, fut trouvée vide;
il se pouvait qu'elle eût été épuisée par l'évaporation.

Sur la plus haute des marches qui descendaient dans la formidable chambre, gisait un grand fragment de la bière au moyen duquel il semblait que la dame eût essayé d'attirer l'attention en frappant contre le portail en fer. Elle s'évanouit probablement pendant qu'elle était occupée de la sorte, ou, peut-être, trépassa de frayeur; et dans la chute, son linceul s'enchevêtra dans quelques ferrures qui se projetaient intérieurement, si bien qu'elle resta, si bien qu'elle pourrit debout!

En l'année 1810 se présenta en France un cas d'inhumation précipitée, accompagné de circonstances qui vont loin dans la justification de ce dire: « La vérité est plus étrange que la fiction. » L'héroïne de l'histoire fut Mlle Victorine Lafourcade, jeune fille d'illustre maison, riche et douée d'une grande beauté personnelle. Parmi ses nombreux prétendants se trouvait Julien Bossuet, un pauvre *littérateur* ou journaliste parisien, que son talent et son aménité générale avaient recommandé à l'attention de l'héritière. Elle paraît l'avoir sincèrement aimé. Mais l'orgueil familial la fit se résoudre à l'évincer et à épouser un monsieur Renelle, banquier et diplomate assez éminent. Après le mariage, cependant, ce gentleman la négligea et peut-être même la maltraita positivement. Ayant passé avec lui quelques années misérables, elle mourut; — son état du moins ressembla d'as-

sez près à la mort pour tromper quiconque la vit.
Elle fut enterrée — non dans un caveau —
mais dans une tombe ordinaire, près du village
où elle était née. Plein de désespoir et toujours
enflammé par le souvenir d'un attachement profond, Julien se mit en route pour la province où
se trouve le village, dans le but romanesque de
déterrer le cadavre et de se mettre en possession
des tresses luxuriantes de son amie.

Il arrive à la fosse. A minuit il déterre le cercueil, l'ouvre et le voilà occupé à détacher la
chevelure, quand il est arrêté par l'entre-bâille-
ment des yeux adorés.

En effet, la dame avait été enterrée vive; la
vitalité ne l'avait pas encore totalement aban-
donnée, et les caresses de son amant l'éveillèrent
de la léthargie qui avait été prise pour la mort.
Frénétiquement, Julien la porta à son logement
dans le village. Il employa certains cordiaux très
actifs que lui suggérait une érudition médicale
assez étendue. Enfin elle revécut. Elle reconnut
son sauveur. Elle demeura près de lui jusqu'à ce
qu'elle eut, par lents degrés, recouvré pleinement sa
santé primitive. Son cœur de femme n'était pas de diamant, et cette dernière leçon d'amour suffit pour le
fléchir. Elle l'accorda à Bossuet. Elle ne retourna
plus auprès de son mari, mais, lui cachant sa résurrection, elle se réfugia avec son amant en

Amérique. Vingt ans après ils revinrent à Paris, persuadés que le temps avait si grandement modifié l'aspect de la dame, que ses amis seraien incapables de la reconnaître. Ils se trompèrent cependant, car, à la première rencontre, M. Renelle reconnut parfaitement sa femme, et la réclama. Elle résista à cette réclamation, et un tribunal judiciaire la soutint dans sa résistance, — décidant que les circonstances particulières et le long cours d'années avaient aboli, non seulement selon l'équité naturelle, mais selon la loi, l'autorité du mari.

Le *Journal chirurgical* de Leipzig, publication périodique d'une grande autorité et d'un grand mérite, a relaté dernièrement un événement de l'espèce en question vraiment désolant.

Un officier d'artillerie, homme d'une stature gigantesque et d'une santé robuste, jeté à terre par un cheval indomptable, reçut à la tête une contusion très grave, qui le plongea aussitôt dans l'insensibilité. Le crâne était légèrement fracturé ; mais on ne redoutait aucun danger immédiat Le malade fut trépané avec succès ; il fut saigné et l'on appliqua plusieurs autres des moyens ordinaires de soulagement. Par degrés, néanmoins, il tomba dans un état de stupeur de plus en plus désespéré, et finalement on pensa qu'il était mort.

13

Le temps était chaud et le corps fut enterré,
avec une hâte indécente, dans l'un des cimetières
publics. Les funérailles eurent lieu un jeudi. Le
dimanche suivant, les terrains du cimetière étaient,
comme de coutume, fort encombrés de visiteurs,
et, vers midi, une émotion profonde fut produite
par un paysan qui déclara que, s'étant assis sur
le tombeau de l'officier, il avait distinctement senti
une commotion de la terre, paraissant causée par
quelqu'un qui se débattait en dessous. On ne
prêta d'abord que peu d'attention au récit de cet
homme ; mais son évidente terreur et l'obstination
brutale avec laquelle il persistait dans son asser-
tion firent à la longue sur la foule leur effet naturel. On se procura précipitamment des pioches,
et la fosse, qui était honteusement superficielle,
fut en peu de minutes si bien ouverte qu'on vit
apparaître la tête de son occupant. Il était alors,
en apparence, mort ; mais il était assis presque
droit dans son cercueil, dont le couvercle, en des
luttes furieuses, avait été en partie soulevé.

Le corps fut aussitôt porté à l'hôtel le plus voisin, et là on déclara qu'il était encore vivant,
quoique en état d'asphyxie. Après quelques
heures, il revint à la vie, reconnut des individus
de sa connaissance, et, en des phrases entrecou-
pées, parla de ses agonies dans la tombe.

De ce qu'il raconta il résulta clairement qu'étant

enterré il avait eu conscience de sa vie pendant
plus d'une heure avant de tomber dans l'insensibilité. Le tombeau ayant été rempli négligemment
et légèrement avec de la terre très poudreuse, un
peu d'air pénétrait nécessairement. Il entendit les
pas de la foule au-dessus de sa tête et essaya de
se faire entendre à son tour. Ce fut, selon ses
dires, le tumulte dans l'enclos du cimetière qui
l'éveilla comme d'un profond sommeil ; mais il
ne fut pas plus tôt éveillé qu'il s'aperçut pleinement de l'horreur stupéfiante de sa position.

Ce malheureux, à ce qu'on rapporte, n'allait
point mal et paraissait être dans une bonne voie
de rétablissement définitif, mais il succomba victime du charlatanisme de l'expérimentation médicale. On lui appliqua une batterie galvanique,
et il expira soudainement dans un de ces pa-
roxysmes extatiques que développe quelquefois
l'électricité.

Cette mention de la batterie galvanique me re-
mémore un cas bien connu et bien extraordinaire,
où son action réussit à restaurer la vitalité chez
un jeune avocat de Londres qui avait été enterré
pendant deux jours. Ce fait se passa en 1831 et
produisit en ce temps une sensation très profonde
partout où on en fit un sujet de conversation.

M. Edouard Stapleton, la victime, était mort
apparemment d'une fièvre typhoïde accompagnée

de quelques symptômes anormaux, qui avaient
excité la curiosité de ses médecins. A son décès
extérieur, ses amis furent sollicités de sanctionner
un examen *post mortem*, mais ils refusèrent l'auto-
risation. Comme il arrive souvent quand de pareils refus ont lieu, les praticiens résolurent de
déterrer le corps et de le disséquer à loisir, entre
eux. Des arrangements furent aisément effectués
avec quelques individus du corps nombreux des
Résurreciionistes (1), dont Londres abondait
alors, et la troisième nuit après les funérailles le
cadavre supposé fut exhumé d'un tombeau profond de huit pieds et déposé dans l'amphithéâtre
d'un hôpital particulier.

Une incision d'une certaine étendue venait
d'être faite à l'abdomen, quand l'apparence fraîche
et peu délabrée du cadavre suggéra l'idée d'une
application de la batterie. Une expérience suivit
l'autre, et les effets habituels survinrent, n'ayant,
sous aucun rapport, rien de caractéristique, si ce
n'est, une ou deux fois, un degré plus qu'ordinaire
de similitude avec la vie dans les mouvements
convulsifs.

Il se fit tard, le jour commença à poindre, et
on jugea convenable de procéder aussitôt à la dis-

---

1. Sorte de gens qui déterrent les cadavres pour les
vendre.

section. Un étudiant, cependant, était particulièrement désireux d'éprouver sa théorie personnelle, et insista pour qu'on appliquât la batterie à un des muscles pectoraux. Une incision grossière fut pratiquée et un fil de fer promptement mis en contact. Alors, le patient, avec un mouvement précipité, mais qui n'avait rien de convulsif, se leva de la table, marcha au milieu de la salle, regarda autour de lui fixement et avec inquiétude, pendant quelques secondes, et puis parla. Ce qu'il disait était inintelligible, mais des mots furent prononcés. La syllabisation était distincte. Ayant parlé, il tomba lourdement à terre.

Pendant quelques moments tous les assistants furent paralysés par l'horreur; mais l'urgence du cas leur rendit bientôt leur présence d'esprit. Ils reconnurent que M. Stapleton était en vie, quoique évanoui. Au moyen d'une application d'éther il revint à lui et fut rapidement rendu à la santé et à la société de ses amis, auxquels cependant on dissimula toute connaissance de sa résurrection jusqu'à ce qu'une rechute ne fût plus à craindre. Leur étonnement et leur émerveillement extasié — peuvent se concevoir.

La particularité la plus satisfaisante de cette aventure, néanmoins, est contenue dans ce que raconte M. Stapleton lui-même. Il affirme qu'à aucune période il ne fut tout à fait insensible;

que, vaguement et confusément, il sut tout ce
qu'il advenait de lui depuis le moment où il fut
déclaré mort par les médecins jusqu'à celui où il
tomba évanoui sur le plancher de l'hôpital « Je
suis vivant ! » sont les mots incompris que, en
reconnaissant la localité de l'amphithéâtre, il essaya en cette extrémité de proférer.

Ce serait chose facile que de multiplier les histoires telles que celles-ci : mais je m'abstiens ;
nous n'avons pas besoin de tant d'exemples pour
établir qu'il se produit des enterrements prématurés. Quand nous réfléchissons combien il est
rare, par la nature même de ces cas, que nous
ayons la possibilité de les découvrir, nous devons admettre qu'ils peuvent *fréquemment* avoir lieu
sans venir à notre connaissance ; et, effective-
ment, jamais on n'empiète sur un cimetière, pour
un motif quelconque, dans une certaine étendue,
sans que des squelettes soient trouvés dans des
attitudes qui suggèrent les plus effroyables des
soupçons.

Effroyable, en effet, le soupçon, mais plus effroyable le fait ! On peut affirmer sans hésitation
qu'aucun événement n'est aussi terriblement com-
biné de manière à produire le maximum des détresses physiques et mentales que l'enterrement
avant la mort. L'insupportable oppression des
poumons, — les exhalaisons étouffantes de la

terre moite, — l'adhérence du corps aux vêtements mortuaires, — l'embrassement rigide de
l'habitacle étroit, — la noirceur de la Nuit absolue, — le silence pareil à une mer qui englou-
tit, — la présence invisible, mais palpable, du Ver
Conquérant, — ces choses, avec des pensées d'air
et d'herbe, là-haut, avec la mémoire de chers
amis qui voudraient accourir pour nous sauver
s'ils étaient seulement informés de notre sort,
avec la conscience qu'ils ne peuvent d'aucune façon en être informés, — que notre lot désespéré
est celui des vrais morts, — ces considérations,
dis-je, font entrer dans le cœur qui palpite encore
une somme d'épouvante et d'intolérable horreur,
devant laquelle doit reculer l'imagination la plus
téméraire. Nous ne connaissons rien de si agoni-
sant sur terre, — nous ne pourrons rien connaître
d'à moitié aussi hideux dans le royaume de l'enfer le plus bas. De sorte que toutes les narrations
sur ce sujet ont un profond intérêt, — un intérêt
cependant qui, à cause de la solennité terrible du
sujet lui-même, dépend strictement et particulièrement de la *vérité* de la chose racontée.

Ce que j'ai à dire maintenant est à *ma* connaissance actuelle — fait partie de mon expérience
positive et personnelle.

Il y a quelques années, j'étais sujet à des attaques de ce mal étrange que les médecins se

sont accordés à nommer la Catalepsie, faute d'un
titre définitif. Quoique les causes immédiates
aussi bien que les causes prédisposantes, quoique
même la diagnose effecti *re* de cette maladie soient
toujours mystérieuses, son caractère sensible et
apparent est suffisamment bien défini. Ses variations semblent être principalement des variations
d'intensité. Quelquefois, le patient gît pendant
un seul jour ou même pendant une période plus
courte dans une espèce de léthargie excessive; il
est insensible, et, extérieurement, immobile; mais
la pulsation du cœur est encore faiblement per-
ceptible; quelques traces de chaleur subsistent;
une légère couleur languit encore au centre de la
joue, et l'application d'un miroir aux lèvres permet de découvrir une action torpide, inégale et
vacillante des poumons. D'autres fois, la catalepsie se prolonge pendant des semaines, pendant
même des mois, et alors l'examen le plus strict
et les épreuves médicales les plus rigoureuses ne
réussissent pas à établir une distinction matérielle
quelconque entre l'état du cataleptique et ce que
nous concevons de la mort absolue. Très communément, le malade est préservé d'un enterrement
prématuré seulement par la connaissance où sont
ses amis qu'il a été précédemment sujet à la catalepsie, par le soupçon que cette connaissance
excite logiquement, et surtout par la non-appa-

rnece de décomposition. Les progrès de la maladie sont, heureusement, graduels. Les premières manifestations, quoique assez notables, ne prêtentpas à l'équivoque. Les accès deviennent de plus en plus caractéristiques et durent chacun plus longtemps que le précédent. Là gît la principale sécurité contre l'enterrement : l'infortuné dont la première attaque aurait le caractère extrême qu'on remarque en certaines occasions, serait inévitablement livré tout vif au tombeau.

Mon propre cas ne diffère qu'en des particularités peu importantes de ceux mentionnés dans les livres médicaux. Quelquefois, sans une cause apparente quelconque, je tombais peu à peu dans un état de demi-syncope ou de demi-évanouissement; et, dans cet état, sans douleur, sans possibilité de remuer, ou, pour parler strictement, de penser, mais avec une vague et léthargique conscience de la vie et de la présence de ceux qui entouraient mon lit, je demeurais jusqu'à ce que la crise du mal me rendît soudainement à une perception parfaite. D'autres fois, je fus promptement et impétueusement frappé. Je devenais malade, et muet, et glacé, et vertigineux, et tombais aussitôt en prostration. Puis, pendant des semaines, tout était vide, et noir, et silencieux. L'Univers devenait Rien. C'était le degré suprême de l'annihilation totale. De ces dernières attaques je me

13.

réveillais par une gradation lente en proportion de la soudaineté du saisissement. Tout comme le jour se lève pour les mendiants sans amis et sans maison, qui vagabondent par les rues à travers une longue et désolée nuit d'hiver — tout aussi tardivement, — tout aussi péniblement, — tout aussi allègrement, — me revenait la lumière de l'âme.

Abstraction faite de la tendance à la catalepsie, ma santé générale paraissait bonne. Je ne pouvais même pas percevoir qu'elle fût le moins du monde affectée par la maladie prédominante, à moins qu'une idiosyncrasie dans mon *sommeil* ordinaire ne dût être considérée comme un résultat. En m'éveillant de ce sommeil, je ne pouvais jamais prendre aussitôt une possession entière de mes sens, et je restais toujours pendant quelques minutes dans beaucoup de troubles et de perplexités : les facultés mentales en général et la mémoire spécialement étant dans un état de vacance absolue.

Dans tout ce que j'endurais il n'y avait pas de souffrances physiques ; mais, de détresses morales, une infinité. Mon imagination devenait un ossuaire. Je parlais de « vers, de tombeaux et d'épitaphes » ; j'étais perdu dans des rêveries de morts, et l'idée d'un enterrement prématuré était perpétuellement en possession de mon cerveau. L'horrible danger auquel j'étais exposé me troublait jour et nuit. Le jour, la torture de la méditation était excessive; la nuit, suprême. Quand l'obscurité hideuse se répandait sur la terre, alors, avec une véritable horreur mentale, je frissonnais, — frissonnais comme les palmes tremblantes du char funèbre. Quand mon corps ne pouvait plus endurer l'état de veille, c'était avec des luttes que je me résignais à dormir, car je frémissais à la réflexion que, en m'éveillant, je pourrais me trouver le locataire d'un tombeau. Et quand, finalement, je tombais dans le sommeil, c'était seulement pour me précipiter aussitôt dans un monde de fantômes, au-dessus duquel, avec de vastes ailes noires, qui font de l'ombre, planait, prédominante, unique, l'idée du sépulcre.

Parmi les innombrables et ténébreuses images qui m'oppressaient en rêve, je choisis pour mémoire une seule vision.

Il me sembla être immergé dans une transe cataleptique d'une durée et d'une profondeur plus qu'ordinaires. Soudainement, une main glacée vint se poser sur mon front, et une voix impatiente et inarticulée murmura dans mon oreille les mots : Lève-toi !

Je me dressai sur mon séant. L'obscurité était totale. Je ne pouvais pas voir la forme de celui qui m'avait éveillé. Je ne pouvais me remémorer ni en quel moment j'étais tombé dans cet accès, ni le lieu où j'étais couché maintenant. Pendant que je restais sans mouvement et me consumais en de vaines tentatives pour rassembler mes pensées, la main froide me saisit violemment par le poignet et le secoua avec pétulance, tandis que la voix inarticulée reprenait :

— Lève-toi ! Ne t'ai-je pas dit de te lever ?

— Mais qui es-tu ? demandai-je.

— Je n'ai pas de nom dans les régions que j'habite, répliqua la voix pleine de tristesse. J'étais mortel, mais je suis démon. J'étais impitoyable, je suis charitable. Tu sens que je frissonne. Mes dents claquent lorsque je parle, ce n'est pas du froid de la nuit — de la nuit sans fin. Oh ! mais cette hideur est inexorable ; comment peux-tu dormir tranquillement ? Je ne peux pas me reposer à cause du cri de ces grandes agonies. Ces visions sont au delà de ce que je puis supporter. Lève-toi ! Viens avec moi dans la Nuit extérieure, et laisse moi t'ouvrir les tombeaux. N'est-ce pas là un spectacle de malheur ! — Regarde !

Je regardai : l'Etre invisible, qui me tenait encore par le poignet, avait fait s'ouvrir les tombes de tous les morts, et de chacune d'elles sortait le rayonnement phosphorescent de la pourriture ; de sorte que je pouvais voir au fond des retraits les plus intimes, voir les corps ensevelis dans leur sommeil triste et solennel avec le ver; mais hélas! les vrais dormeurs étaient moins nombreux de beaucoup de millions que ceux qui ne dormaient pas du tout; et il y avait de faibles efforts, et il y avait partout une affreuse inquiétude; et de la profondeur des fosses sans nombre montait un bruissement mélancolique de linceuls; et de ceux qui paraissaient reposer tranquillement, je vis qu'un grand nombre avait modifié plus ou moins la rigide et incommode position dans laquelle ils avaient été d'abord enterrés. Et encore une fois la voix me dit, pendant que je regardais fixement.

— N'est-ce pas! oh! n'est-ce pas un aspect pitoyable?

Mais avant que je pusse trouver des mots pour répondre, l'Etre avait cessé de tenir mon poignet; les lumières phosphorescentes expirèrent, et les tombeaux furent fermés avec une violence soudaine, tandis qu'il s'en élevait un tumulte de cris désespérés, répétant: « N'est-ce pas — oh! Dieu! — n'est-ce pas un aspect lamentable? »

De pareilles rêveries se produisant la nuit, prolongeaient leur redoutable influence dans mes heures de veille. Mes nerfs se détendirent entièrement, et je devins la proie d'une épouvante perpétuelle. J'hésitais à monter à cheval, ou à me promener, ou à me livrer à un exercice quelconque, susceptible de m'écarter de chez moi; je

n'osais plus me risquer hors de la présence immédiate de ceux qui connaissaient ma tendance à la
catalepsie, afin, si je tombais dans mes accès habituels, de n'être pas enterré avant que mon état
réel fût constaté. Je doutais des soins, de la fidélité de mes plus chers amis. Je craignais que pendant quelque catalepsie d'une durée plus qu'ordinaire, ils ne se décidassent à me considérer comme
irrévocablement perdu. J'en arrivais même à re-
douter qu'à cause du grand trouble que j'occa-
sionnais, ils pussent être fort aises de considérer
quelque attaque très prolongée comme une excuse
suffisante pour se débarrasser tout à fait de moi.
C'était en vain qu'ils s'efforçaient de me rassurer
par les assurances les plus solennelles. J'exigeai
qu'ils me promissent avec des serments sacrés que,
dans aucune circonstance, ils ne m'enterreraient
avant que la décomposition fût assez sensiblement
avancée pour rendre impossible tout salut ulté-
rieur. Mais, malgré tout, mes terreurs mortelles
ne voulaient entendre aucune raison, ne voulaient
accepter aucune consolation. J'entrai dans une série de précautions méticuleuses. Entre autres choses, je fis construire le caveau de ma famille, de
manière qu'il pût être prestement ouvert de l'intérieur. La pression la plus légère sur un long
levier qui s'étendait au loin dans le sépulcre, suffisait à faire voler en arrière les battants du portail

de fer. Il y eut aussi des aménagements pour la libre admission de l'air et de la lumière, et de convenables réceptacles pour la victuaille et pour l'eau, à la portée immédiate du cercueil, destiné à me recevoir. Ce cercueil fut chaudement, moelleusement doublé: on le pourvut d'un couvercle façonné selon les principes de la porte du caveau, et où s'ajoutèrent des ressorts machinés, de sorte, que le mouvement le plus faible du corps serait suffisant à mettre le captif en liberté. Outre cela, une grande cloche pendait du toit sépulcral, et sa corde était destinée à s'étendre, à travers un trou, jusque dans le cercueil et aussi à être assujettie à une des mains du cadavre. Mais, hélas! que peut la vigilance contre la destinée humaine! Ces précautions elles-mêmes, si bien combinées, ne suffirent pas à sauver des extrêmes agonies de l'inhumation prématurée un misérable prédestiné à cette agonie.

Un moment se présenta — comme il s'en était fréquemment présenté — où je me trouvai revenant de l'insensibilité absolue dans le premier, faible et indéfini sentiment d'existence. Lentement — avec une gradation de tortue — s'approchait le pâle et gris crépuscule du jour psychique. — Une inquiétude torpide. — L'endurance apathique d'une douleur lourde. — Aucun soin — aucune espérance — aucun effort. Puis, après un

long intervalle, un tintement dans les oreilles;
puis après un laps plus long encore, une sensation
de picotement ou de fourmillement dans les extrémités; puis, une période en apparence éternelle
de quiétude agréable, pendant laquelle les sentiments qui s'éveillent, se débattent vers la pensée;
puis, une brève rechute dans le non-être, puis,
un recouvrement soudain. Plus tard le léger tremblement d'une paupière et, immédiatement après,
le choc électrique d'une terreur mortelle et indé-
finie qui envoie le sang en torrent des tempes au
cœur. Et maintenant, le premier effort positif pour
penser; et maintenant le premier essai de se souvenir; et maintenant un succès partiel et s'éva-
nouissant; et maintenant la mémoire regagnant
assez son domaine pour que, dans une certaine
mesure, je sois conscient de mon état. Je sens
que je ne m'éveille pas d'un sommeil ordinaire.
Je me rappelle que j'ai été soumis à une attaque
de catalepsie. Et alors, enfin, comme par l'entrée
précipitée d'un océan, mon esprit frémissant est
dompté par le terrible danger unique, par la spec-
trale et toujours prédominante Idée unique.

Pendant quelques minutes, après que cette idée
se fut emparée de moi, je restai sans mouvement.
Pourquoi donc? Je ne pouvais sommer mon courage de se mouvoir. Je n'osais pas faire l'effort
qui me convaincrait de mon sort. — Et cepen-

dant il y avait quelque chose dans mon cœur qui chuchotait : « C'est certain ! » Un désespoir — tel qu'aucune autre espèce de misère n'en a jamais fait naître, — le désespoir seul me contraignit, après une longue irrésolution, à lever les lourdes paupières de mes yeux. Je les levai. Il faisait sombre, tout à fait sombre. Je connus que l'accès était passé. Je connus que la crise de mon mal était passée depuis longtemps. Je connus que j'avais, maintenant, pleinement recouvré l'usage de mes facultés visuelles, — et cependant il faisait sombre, tout à fait sombre ; l'absence de rayons, intense et extrême, de la nuit qui dure toujours.

J'essayai de pousser des cris perçants ; et mes lèvres et ma langue desséchées s'agitèrent ensemble, convulsivement, dans cette tentative, mais aucune voix ne sortit de mes poumons caverneux qui, oppressés comme du poids de quelque montagne écrasante, haletaient et palpitaient avec mon cœur à chaque inspiration laborieuse et pleine de luttes.

Le mouvement de mes mâchoires, dans cet effort pour crier, me fit reconnaître qu'elles étaient comprimées comme le sont habituellement celles des morts. Je sentis aussi que je gisais sur une matière dure ; mes côtés étaient étroitement comprimés par quelque chose d'analogue. Jusque-là je n'avais osé remuer aucun de mes membres ; mais

alors, je dressai violemment mes bras qui avaient
été posés, dans toute leur longueur, en croix sur
la poitrine. Ils heurtèrent une solide substance
ligneuse, qui s'étendait au-dessus de ma personne,
à une distance de six pouces au plus de ma face.
Enfin, je n'en pouvais plus douter : j'étais dans un
cercueil.

Et maintenant, à travers mes infinies angoisses,
s'approcha doucement le chérubin Espérance, —
car je pensais à mes précautions. Je me tordis, je
fis des efforts convulsifs pour forcer le couvercle
à s'ouvrir : il ne bougea point. Mes bras tâtaient,
cherchant la corde de la cloche : ils ne la trou-
vèrent pas. Et, alors, le chérubin consolateur dis-
parût à jamais, et un désespoir encore plus sombre régna triomphalement, car je ne pouvais
m'empêcher de sentir l'absence de la doublure que
j'avais si soigneusement préparée. Alors auss
monta soudainement à mes narines l'odeur forte
et particulière du sol humide. La conclusion était
irrésistible : je n'étais pas à l'intérieur du caveau.
J'étais tombé en catalepsie, pendant une absence,
— parmi des étrangers, quand, où, comment, je
ne pouvais me le rappeler, et c'étaient eux qui
m'avaient enterré comme un chien, cloué dans
quelque cercueil banal, et jeté profondément et
pour toujours dans quelque fosse ordinaire et
sans nom.

Quand cette horrible conviction se fut imposée dans les plus intimes retraits de mon âme, j'essayai encore une fois de crier, et dans ce second effort, je réussis. Un long, sauvage et continuel cri d'effroi, ou plutôt un hurlement d'agonie, résonna à travers les royaumes de la nuit souterraine.

— Hilli, hillo ! là ! répondit une voix brusque.

— Que diable est-ce que cela ? dit un second personnage.

—Finissez donc ! dit un troisième.

— Qu'est-ce que cela signifie de hurler de la sorte ! dit un quatrième.

Et là-dessus je fus saisi et secoué sans cérémonie pendant plusieurs minutes par un groupe d'individus à l'air très brutal. Ils ne m'éveillèrent pas de mon sommeil, car je m'étais tout à fait éveillé en poussant le hurlement aigu. Mais ils me remirent en possession de ma mémoire.

Cette aventure se passait près de Richmond, en Virginie. En compagnie d'un ami, j'avais fait dans une partie de chasse quelques milles en aval sur les bords du fleuve James. La nuit survint, et nous fûmes surpris par un orage. La cabine d'une petite corvette qui était à l'ancre dans le fleuve et portait un chargement de terre végétale nous fournit le seul abri possible. Nous fîmes comme nous pûmes et passâmes la nuit à bord. Je dormis dans l'un des deux hamacs du vaisseau; et les

hamacs d'une corvette de soixante ou de soixante-
dix tonneaux ont à peine besoin d'être décrits.
Celui que j'occupai n'offrait aucune sorte de lite-
rie. Sa largeur extrême était de dix-huit pouces.
La distance, du fond de cela au pont qui surplom-
bait ma tête, était exactement la même. Il me fut
excessivement difficile de me fourrer là dedans.
Néanmoins je dormis sainement, et ma vision tout
entière — car ce n'était ni un rêve ni un cauche-
mar — provint naturellement des circonstances
de ma position, — du penchant ordinaire de mes
pensées — de la difficulté, à laquelle j'ai fait allusion, de rassembler mes esprits, et particulièrement de reconquérir la mémoire, difficulté qui
subsiste longtemps après mon réveil. Les hommes
qui me secouèrent étaient l'équipage de la corvette et quelques ouvriers engagés pour la dé-
charge. C'est du chargement lui-même que venait
l'odeur terreuse. Le bandage autour des mâchoires n'était autre qu'un mouchoir de soie dans lequel j'avais lié ma tête, à défaut de mon bonnet
de nuit accoutumé.

Les tortures endurées cependant avaient été indubitablement égales, quant au temps, à celles
d'une sépulture véritable. Elles furent terribles,
elles furent inconcevablement hideuses! Mais d'un
mal vint un bien, car leur excès même opéra dans
mon esprit une inévitable révulsion. Mon âme

prit du ton, prit du sang-froid. J'allai à l'étranger.
Je fis des exercices vigoureux. Je respirai l'air
libre du ciel. Je pensai à des sujets autres que la
mort. J'éloignai mes livres médicaux. Je brûlai
Buchan. Je ne lus pas les *Pensées de la Nuit,* ni
aucune billevesée à propos de cimetières, ni des
contes pour faire peur *comme celui-ci.* Bref, je devins un nouvel homme et vécus la vie d'un homme.
Dès cette mémorable nuit, je congédiai pour toujours mes appréhensions sépulcrales, et avec elles
s'évanouit le mal cataleptique dont peut-être elles
avaient moins été la conséquence que la cause.

Il y a des moments où, même à l'œil froid de
la raison, le monde de notre triste humanité peut
revêtir l'apparence d'un enfer. Mais l'imagination
de l'homme n'est pas Carathis pour explorer im-
punément toutes ces cavernes. Hélas! la terrible
légion des terreurs tumulaires ne peut pas être
considérée comme absolument fantastique; mais,
pareilles à ces démons en compagnie desquels
Afrasiab descendit le fleuve Oxus, il faut qu'elles
dorment, ou elles nous dévoreront; — il faut les
laisser dormir, ou nous périssons.

Psyché Zénobia

Je présume que tout le monde a entendu parler de moi. Je m'appelle la signora Psyché Zénobia. Cela est un fait. Personne, à l'exception de mes ennemis, ne m'appelle Suky Snobbs. On m'a assuré que Suky est seulement une corruption vulgaire de Psyché, qui est bon grec et signifie « l'âme » (c'est bien moi, je suis *toute* âme), et signifie aussi « un papillon ». Cette dernière signification, indubitablement, fait allusion au bel air que j'ai dans ma nouvelle robe de satin cramoisi, avec mon mantelet arabe, bleu de ciel, et les franges d'*agraffas* vertes, et les sept volants d'*auriculas* couleur orange. Pour ce qui est de Snobbs, toute personne qui me regarderait s'apercevrait instantanément que mon nom n'est pas Snobbs. Miss

Tubitha Navet a propagé ce bruit par une louche
envie. Voilà bien Tubitha Navet! oh! la petite
misérable! mais que peut-on attendre d'un navet?
Ce serait miracle qu'elle se rappelât le vieux pro-
verbe : « Sang qui sort d'un navet... etc., etc... »
(*Note*. Rappelez-le lui à la première occasion.)
(2ᵉ *note*. Pincez-lui le nez!) Où en étais-je ? —
Ah! — On m'a assuré que Snobbs est une simple corruption de Zénobia, que Zénobia fut une
reine (et j'en suis une aussi! le docteur Money-
Penny m'appelle toujours la reine des cœurs), et
que Zénobia, aussi bien que Psyché, est bon grec,
et que mon père était un « Grec » et que, conséquemment, j'ai droit à notre nom patronymique
qui est Zénobia, et en aucune façon Snobbs. Personne, si ce n'est Tubitha Navet, ne m'appelle
Suky Snobbs. Je suis la signora Psyché Zénobia.

Comme je l'ai dit précédemment, tout le monde
a entendu parler de moi. Je suis cette même signora Psyché Zénobia si justement célèbre comme
secrétaire-correspondant du « Journal Omniscient,
Littéraire, Idéologue Et Fashionable, Organisateur,
Urbain, Rural, Nécrologique, Égalitaire Et Démoniaque, Embrassant Beaux-Arts, Sciences Biologiques, Liturgiques Et Universellement Sociologiques.» Le docteur Money-Penny a composé ce
titre pour nous, et dit qu'il l'a choisi parce qu'il
retentit creux comme une futaille vide. (Le docteur

est un homme vulgaire quelquefois, mais il est profond). Tous nous mettons après nos noms les initiales de notre Société, selon l'usage de la S. R. A. (Société Royale des Arts), de la S. C. A. N. A. R. (Société Consacrée A la Naturalisation des Arts Rationnels), etc... Le docteur Money-Penny dit que S est mis là pour stupide, et que C. A. N. A. R. doit s'épeler : canard, (mais cela n'est pas vrai!) et que S. C. A. N. A. R. signifie : stupide canard et non la Société de lord Brougham. A vrai dire, le docteur Money-Penny est un homme si étrange que je ne sais jamais quand il parle sérieusement! En tous cas, nous ajoutons toujours à nos noms les initiales : J. O. L. I. E. F. O. U. R. N. É. E. D. E. B. A. S. B. L. E. U. S. Ce qui veut dire : Journal Omniscient, Littéraire, Idéologue Et Fashionable, Organisateur, Urbain, Rural, Nécrologique, Égalitaire et Démoniaque, Embrassant Beaux-Arts, Sciences Biologiques, Liturgiques Et Universellement Sociologiques. Une lettre pour chaque mot. Il y a donc un progrès décisif sur lord Brougham. Le docteur Money-Penny prétend que ces initiales expriment notre véritable caractère; mais, sur ma vie! je ne sais pas ce qu'il entend par là.

Malgré les bons offices du docteur et les efforts de l'Association pour se faire connaître, elle ne rencontra pas grand succès avant que je me joignisse à elle. Pour dire la vérité, ses membres se laissaient aller à un ton de discussion trop frivole. La feuille qu'on lisait chaque samedi soir était caractérisée par la profondeur moins que par la bouffonnerie. Ce n'était que syllabes fouettées. Il n'y avait pas d'investigations des causes premières, des principes premiers. Il n'y avait même pas d'investigations du tout. Aucune attention n'était accordée à ce point : « l'Application des choses. » Bref on ne trouvait pas dans le journal un style délicat, comme celui-ci. Tout était bas, absolument. Ni profondeur, ni érudition, ni métaphysique, rien de cette chose que les lettrés appellent : spiritualité, et que les illettrés stigmatisent du nom de « cant » (1). Le docteur Money-Penny prétend que je devais orthographier « Cant » avec un grand K, mais je sais mieux les choses.

Quand je me joignis à la société, j'essayai d'y introduire une meilleure méthode de penser et d'écrire, et tout le monde sait à quel point j'ai réussi. Nous avons d'aussi bons articles dans notre J. O. L. I. E. F. O. U. R. N. É E. D. E. B. A. S. B. L. E. U. S. qu'on en saurait rencontrer dans le Blackwood-Magazine. Je dis Blackwood-Magazine, parce que les meilleurs écrits, sur tout sujet, se trouvent dans les pages de cette revue justement

---

1. Baragouin.

célèbre. Nous la prenons maintenant pour modèle
en tout point et, conséquemment, nous parve-
nons à une notoriété rapide. Et, après tout, ce
n'est pas une chose si difficile de composer un
article ayant le véritable cachet Blackwood, si l'on
s'y prend comme il faut. Naturellement je ne parle
pas des articles politiques. Comment ils se font,
tout le monde le sait, depuis que le docteur Money-Penny l'a expliqué. Myster Blackwood a une
paire de ciseaux de tailleur et trois apprentis qui
se tiennent debout à ses ordres. L'un lui fait passer « le *Times* », l'autre « l'*Examiner* », le troisième « le *Nouveau Compendium des termes d'argot* »,
par Gulley; Myster Blackwood, simplement, coupe
et distribue. C'est bientôt fait! — *Examiner, Times, Compendium d'argot;* — puis *Times, Compendium d'argot, Examiner;* — puis *Times, Examiner,
Compendium d'argot.*

Mais le principal mérite d'un *magazine* gît dans
ses articles miscellanées, et les meilleurs de ceux-ci
se présentent sous la rubrique de cette sorte d'é-
crits que le docteur Money-Penny appelle les *bi-
zarreries* [1], (Qu'est-ce que cela peut bien vouloir
dire?) et que toute autre que lui appelle les INTEN-
SITÉS. Ceci est un genre de littérature que j'appré-
cie depuis longtemps quoique ce soit seulement de-

1. En français dans le texte.

puis une récente visite chez Myster Blackwood (où me députait la Société) que j'ai eu connaissance de l'exacte méthode de composition. Cette méthode est très simple, — pas aussi simple pourtant que celle de la politique. Lorsque je me présentai à Myster Blackwood et lui fis connaître les désirs de la Société, il me reçut avec une grande civilité, me conduisit dans son cabinet et me fournit une explication nette de tout le procédé.

« Ma chère madame, dit-il, évidemment frappé de mon apparence majestueuse, car je portais le satin cramoisi avec les *agraffas* vertes et les *auriculas* couleur orange ; ma chère madame, dit-il, voilà la chose : En premier lieu, votre écrivain d'*intensités* doit avoir une encre très noire et une plume très grosse, à la pointe très émoussée. Et remarquez bien, miss Psyché Zénobia, continua-t-il après une pause, en déployant une énergie et une solennité de gestes des plus saisissantes, remarquez bien, — *cette plume* — *ne doit* — *jamais* — *être taillée !* Là gît le secret, l'âme de l'intensité. Je prends sur moi d'affirmer qu'un individu, pour si grand que fût son génie, n'a jamais écrit avec une bonne plume — comprenez-moi bien — un bon article. Soyez persuadée que lorsqu'un manuscrit peut être lu, il ne vaut pas d'être lu. C'est là un principe fondamental de notre foi, et si vous ne pouvez pas vous y soumettre à l'instant même, notre conférence est achevée. »

Il fit une pause. Mais, naturellement, comme je n'avais pas le désir de mettre fin à la conférence, je consentis à un axiome d'une évidence si éclatante, et de la vérité duquel j'avais depuis longtemps connaissance. Il parut satisfait et donna suite à ses instructions.

« Il paraîtra peut-être outrecuidant de ma part, miss Psyché Zénobia, de vous renvoyer à des articles ou à des séries d'articles propres à servir d'exemple et d'étude. Cependant je puis, sans doute, appeler votre attention sur quelques cas. Voyons ! il y a eu le Mort Vivant, chose capitale ! — C'était le compte-rendu des sensations d'un gentleman qui avait été enterré avant que le souffle fût hors de son corps, — une chose pleine de goût, de terreur, de sentiment, de métaphysique et d'érudition ! Vous auriez juré que l'auteur était né et avait été élevé dans une bière. Puis nous avons eu les Confessions d'un mangeur d'opium. Beau, très beau ! — Glorieuse imagination ! — Profonde philosophie ! — Spéculation acérée ! — Plénitude de feu et de furie, avec un bon assaisonnement de quelque chose de résolument inintelligible. C'était un joli morceau de bouillie, et le public avalait cela délicieusement. On a prétendu que Coleridge était l'auteur de ce chef-d'œuvre, mais il n'en est rien. Il a été com-

14.

posé par mon babouin favori, Genièvre, après un
grog de genièvre hollandais, chaud et sans sucre.
(Ceci, j'aurais eu de la peine à le croire, si tout
autre que Myster Blackwood me l'avait affirmé.)
Ensuite parut l'EXPÉRIMENTATEUR INVOLONTAIRE.
Tout roulait sur un gentleman qui avait été cuit
dans un four et en était sorti vivant et en bon
état, quoique certainement rôti jusqu'à un certain
point. Il y eut encore le JOURNAL D'UN MÉDECIN
DÉFUNT, où le mérite gisait dans un galimatias
excellent et dans un grec passable, tous les deux
bien intéressants pour le public. Et puis, il y eut
l'HOMME DANS LA CLOCHE, un travail, soit dit en
passant, miss Zénobia, que je ne saurais suffisamment recommander à votre attention. C'est l'histoire d'un jeune individu qui va dormir sous une
cloche d'église et se trouve réveillé par l'ébranle-
ment de l'airain sonnant des funérailles. Le son le
rend fou et, conséquemment, tirant ses tablettes,
il fait un exposé de ses sensations. Si jamais vous
vous noyez ou vous pendez, n'hésitez pas, prenez
note de vos sensations; elles vous vaudront dix
guinées la feuille. Si vous désirez écrire énergi-
quement, miss Zénobia, accordez une attention
minutieuse aux sensations!

— Je le ferai certainement, mister Blackwood.

— Bien! reprit-il. Je vois que vous êtes une
élève selon mon cœur; je vais donc vous mettre

au fait des détails nécessaires à la composition de
ce qui peut être appelé un authentique article
Blackwood, du cachet sensateur. — Vous com-
prendrez que j'entends par là l'espèce que je con-
sidère comme la meilleure de toutes, dans tous
les cas.

La première chose requise est de vous mettre
dans un embarras tel que personne n'y ait jamais
été avant vous. Le four, par exemple, était une
bonne idée. Mais si vous n'avez pas sous la main
un four ou une grosse cloche, et que vous ne
puissiez pas raisonnablement être précipité d'un
ballon, ou engloutie par un tremblement de terre,
ou fourrée dans une cheminée, il faudra bien
vous contenter d'imaginer quelque mésaventure
analogue. Je préférerais cependant que vous
eussiez le *fait* pour vous *monter*. Rien n'excite mieux la fantaisie qu'une connaissance expé-
rimentale de la chose présente. La vérité est
étrange, vous le savez, plus étrange que la fiction,
et, en outre, mieux circonstanciée. »

Ici je lui donnai l'assurance que j'avais une excellente paire de jarretières, et que j'irais me
pendre incontinent.

« Bien ! répliqua-t-il, agissez ainsi, — quoique se pendre soit un peu banal. Peut-être pour-
rez-vous mieux faire. Prenez une dose de pilules
de Brandeth, et puis faites-nous part de vos sensa-

tions. Toutefois mes instructions s'appliquent également bien à une variété quelconque d'accident, et, en retournant chez vous, vous pouvez facilement être frappée à la tête, écrasée par un omnibus, mordue par un chien enragé ou noyée dans une gouttière. Mais venons au fait.

Ayant déterminé votre sujet, il convient de prendre en considération le ton, la manière de votre récit. Il y a le ton didactique, le ton enthousiaste, le ton naturel, tous devenus lieux communs. Mais on a le ton laconique qui, récemment, a été d'un grand usage. Il consiste en courtes sentences, à peu près comme ceci :

« Ne peut être trop bref. Ne peut être trop piquant. Toujours droit au but. Et jamais un paragraphe. »

Puis il y a le ton élevé, diffus, interjectionnel. Plusieurs de nos grands romanciers préconisent ce genre. Tous les mots doivent être dans un tournoiement pareil à celui d'une toupie, et offrir, en plate de signification, un bruit semblable à celui de la toupie, ce qui répond parfaitement au but. C'est le meilleur de tous les tons possibles, quand l'écrivain est trop pressé pour penser.

Le ton métaphysique a du bon. Vous avez de la chance pour y réussir, si vous connaissez quelques grands mots. Parlez des écoles ionique et éléatique, — d'Archytas, de Gorgias et d'Alchmœdes, — dites quelque chose sur l'objectivité et la subjectivité. Abusez hardiment de l'individu appelé Locke. Fourrez votre nez dans les généralités, et si vous laissez échapper quelque chose de par trop absurde, ne prenez pas la peine de le gratter, mais simplement ajoutez une note au bas de la page, et dites que vous êtes redevable de la profonde observation ci-dessus à la « *Critique de la raison pure* (1), » ou aux « *Eléments métaphysiques des sciences naturelles* (2). » Cela aura l'air érudit et... et... franc.

Il y a encore différents tons d'une célébrité égale ; mais, je n'en citerai plus que deux : le ton transcendantal et le ton hétérogène. Dans le premier, le mérite consiste à voir dans la nature des choses beaucoup plus loin que n'importe qui. Cette seconde vue produit énormément d'effet quand elle est ménagée proprement. Un peu de lecture du calendrier vous fera faire de grands progrès. Mâchez de gros mots, rendez-les aussi petits que possible, et écrivez-les sans dessus dessous ; parcourez les poésies de Channing, citez ce qu'il dit à propos d'un « petit homme gras qui avait un faux air de savant, » ajoutez quelques phrases sur l'unité supernale. Ne dites pas une syllabe de la dualité infernale ; par dessus tout,

---

1 et 2. En Allemand dans le texte.

étudiez-vous à vous exprimer comme par signes, indiquez tout, — n'affirmez rien. Si vous vous sentez inclinée à dire : « pain et beurre, » ne le dites en aucun cas sans ambage. Vous pouvez mentionner quelque chose *approchant* de « pain et beurre » ; vous pouvez faire allusion à un gâteau de sarrasin ; vous pouvez même aller jusqu'à insinuer un potage de farine d'avoine ; mais si votre pensée est formellement « pain et beurre, » soyez cauteleuse, ma *chère* miss Psyché, et ne dites, sous aucun prétexte, « pain et beurre ! »

Je lui assurai que je ne le dirai plus jamais, aussi longtemps que je vivrais ; il m'embrassa et continua :

« Pour ce qui est du ton hétérogène, c'est simplement un amalgame judicieux et en égales proportions de tous les autres tons du monde, et conséquemment, il est composé de tout ce qu'il y a de profond, de grand, de bizarre, de piquant, de *pertinent* et de joli.

Supposons maintenant que vous ayez déterminé vos incidents et votre style, la partie la plus importante, ce qui est, en réalité, l'âme de toute la besogne, reste encore à faire. — Je fais allusion au *remplissage*. Il est inimaginable qu'une lady ou un gentleman quelconque ait mené la vie d'un ver à livres (1), et pourtant il est nécessaire

_____

1. Rat de bibliothèque.

que votre article ait un air d'érudition, ou du moins, fournisse l'évidence d'une lecture générale très étendue. Je vais vous mettre dans la voie d'obtenir ce résultat. Regardez ! (En même temps M. Blackwood jetait bas trois ou quatre volumes d'une apparence peu extraordinaire et les ouvrait au hasard.) Rien qu'en jetant votre œil sur presque chaque page de n'importe quel livre du monde, vous serez capable d'apercevoir aussitôt une fourmilière de petites BRIBES, soit d'érudition, soit de *bel-espritisme*, qui sont la vraie chose pour l'épicement d'un article Blackwood. Vous ne ferez pas mal de prendre note un peu pendant que je vais lire. Je ferai deux divisions. En premier lieu : *Faits piquants pour la fabrication des comparaisons;* en second lieu : *Piquantes expressions à introduire, selon que l'occasion les réclame.*

Ecrivez maintenant. »

Et j'écrivis pendant qu'il dictait :

« FAITS PIQUANTS POUR COMPARAISONS. — *Originairement, il n'y avait que trois muses : Meleté, Mnemé, Aædè.* — Méditation, mémoire et chant. — Vous pourrez tirer un grand effet de ce petit fait, si vous le travaillez proprement. Vous voyez, il n'est pas généralement connu et il a l'air *recherché;* mais il faut être soigneux et donner la chose avec un air assuré d'improvisation.

Continuons. *Le fleuve Alphée passait au-dessous*

*de la mer et en émergeait sans dommage à la pureté
de ses eaux.* C'est un peu usé, certainement, mais
convenablement habillé et servi, cela aura l'air
tout aussi frais que jamais.

Voici quelque chose de mieux. *L'iris persan pa-
rait, à quelques personnes, posséder un parfum doux
et très puissant ; tandis que, à d'autres, il semble parfaitement sans odeur.* Ceci est beau et très délicat.
Arrangez un peu la chose et elle fera merveille.
Nous trouverons encore autre chose dans la bo-
tanique, spécialement avec l'aide d'un peu de
latin. Ecrivez. L'EPIDENDRUM FLOS ACRIS, *de Java,
porte une très belle fleur, et vit même déracinée. Les
indigènes la suspendent par une corde au plafond, et
jouissent de sa bonne odeur pendant plusieurs années.*
Observation capitale! Mais en voilà assez pour
les comparaisons ; passons aux EXPRESSIONS PI-
QUANTES. — *Là vénérable nouvelle Ju-Kiao-li.* Bien!
En introduisant ce peu de mots avec dextérité,
vous prouverez votre connaissance intime de la
langue et de la littérature des Chinois. A l'aide
le ce titre, vous pouvez aller votre chemin sans
l'arabe, le sanscrit ou le chickasaw. Il n'y a pas
cependant de revue passable sans espagnol, italien, allemand, latin et grec. Il faut que je vous
cherche un petit spécimen dans chaque langue.
Une bribe quelconque fait l'affaire, car il faut
vous en rapporter à votre propre ingéniosité pour

l'accommoder à votre article. Maintenant, écrivez.

Aussi tendre que Zaïre (1). Aussi tendre que
Zaïre (français), se rapporte à la fréquente répéti-
tion de la phrase « la tendre Zaïre » dans la tragédie française de ce nom. Proprement introduite,
cette phrase révélera non-seulement votre connaissance de la langue française, mais votre lecture et votre esprit universel. Vous pouvez dire,
par exemple, que le poulet que vous mangiez (je
suppose que vous écriviez un article sur votre
étranglement à mort par un os de poulet), que
le poulet n'était pas tout à fait aussi tendre que
Zaïre. Ecrivez :

> *Van muerte tan escondida,*
> *Que no te sienta venir,*
> *Porque el plazer del morir,*
> *No me torne a dar la vita.*

C'est espagnol, — de Miguel Cervantes. *Venez*
vite, ô mort! Mais soyez prompte, et ne me laissez
pas vous voir venir, de peur que le plaisir que j'é-
prouverai à votre apparition ne ne me fasse malheu-
reusement revenir à la vie! (2)

Ceci, vous pouvez le glisser tout à fait *à pro-*
pos, quand vous luttez, dans les derniers moments
de l'agonie, avec l'os de poulet. Ecrivez :

---

1 En Français dans le texte.
2. Je traduis la traduction.

Il pover' uomo che non se' vera accorto,
Andava combattendo, e era morto.

C'est italien, vous vous en apercevez, — d'A-
rioste. Cela signifie qu'un grand héros, dans la
chaleur du combat, ne s'apercevant pas qu'il avait
été bel et bien tué, continuait de s'escrimer vail-
lamment, tout mort qu'il était. Le rapport de
cette citation à votre cas est manifeste ; — car je
me plais à espérer, miss Psyché, que vous ne né-
gligerez pas de regimber pendant au moins une
heure et demie, après que vous aurez été étranglée
à mort par cet os de poulet. Qu'il vous plaise
d'écrire !

Und sterb' ich doch, so sterbe ich denn,
Durch sie,... durch sie...

C'est de l'allemand, — du Schiller. Traduction :
Et si je meurs, au moins je meurs pour toi... pour
toi ! Ici, il est clair que vous apostrophez la cause
de votre désastre, le poulet ! En effet, quel gentleman (ou quelle lady) de sens ne *voudrait* pas
mourir, j'aimerais à le savoir, pour un chapon
bien engraissé, de la vraie race de Molucca,
bourré de câpres et de champignons, et servi dans
un saladier avec de la gelée d'orange en mosaïque?
Ecrivez. (Vous trouverez de ces chapons chez
Tortoni.) Ecrivez, s'il vous plaît.

Voici une jolie phrase latine, et rare encore.

(On ne saurait être trop recherché ni trop bref dans son latin : il devient si commun !) *Ignoratio elenchi*. Il a commis une *Ignoratio elenchi ;* — c'est-à-dire il a compris les mots et non l'idée de votre proposition. Cet homme était un fou, comme vous voyez ; quelque *pauvre garçon* que vous avez accosté, tandis que vous râliez, l'os de poulet dans la gorge, et qui, à cause de vos râles, n'a pas compris ce dont vous parliez. Jetez-lui l'*Ignoratio elenchi* entre les dents, et du coup vous l'annihilez. S'il réplique vous pouvez lui dire d'après Lucain (le voilà !) que ses discours sont de simples *anemona verborum*. L'anémone, avec un grand brillant, n'a pas d'odeur. Ou, s'il s'avise de se fâcher, courez-lui sus avec *insomnia jovis*, — une phrase que Silius Italicus (voyez ici !) applique à des pensées pompeuses et ampoulées. Ce moyen est sûr et lui percera le cœur. Il n'a plus rien à faire qu'à rouler et mourir. Voulez-vous être assez bonne pour écrire ?

En grec, il nous faut avoir quelque chose de joli, du Démosthène, par exemple :

ἀνὴρ ὁ φεύγων καὶ πάλιν μαχέσται

Il y a une traduction supportable dans *Hudibras :*

Car celui qui s'enfuit peut encore combattre,
Ce que celui-là ne peut jamais, qui est tué.

Dans un article Blackwood, rien n'a aussi bon air que le grec. Les lettres exhalent déjà un air de profondeur. Observez seulement le regard astucieux de cet *Epsilon*. Ce *Phi* doit, assurément, être un Wig. Y a-t-il jamais eu un plus joli garçon que cet *Omicron* ? Bref, il n'y a rien d'égal au grec pour un véritable journal à sensation. Dans le cas présent, l'application est la plus aisée du monde. Lancez cette sentence avec un gigantesque juron et en manière d'ultimatum, au vaurien, à l'esprit bouché, au scélérat, qui ne pouvait comprendre votre clair anglais, à propos de l'os de poulet. Il recevra l'avertissement, et décampera, vous pouvez y compter. »

C'étaient toutes les instructions que M. Blackwood pouvait me fournir sur le sujet en question; mais je sentais qu'elles seraient entièrement suffisantes. J'étais enfin capable d'écrire un vrai article Blackwood! et je me résolus à le faire aussitôt. En prenant congé de moi, myster Blackwood me fit des propositions pour l'achat de l'article, quand il serait écrit. Mais comme il ne pouvait m'offrir que cinquante guinées par feuille, je jugeai plus à propos de le réserver à notre Société, que de le sacrifier pour une somme aussi chétive. Nonobstant cet esprit de ladrerie, le gentleman montra sa considération pour moi sous tous les autres rapports, et me traita avec la plus grande civilité. Ses paroles d'adieu firent une profonde impression sur mon cœur, et j'espère que je me les rappellerai toujours avec gratitude.

« Ma chère miss Zénobia, dit-il les larmes aux yeux, y a-t-il quelque autre chose que je puisse faire pour favoriser le succès de votre louable entreprise? Laissez-moi réfléchir. Il est bien possible que vous ne soyez pas capable, aussi vite qu'il le faudrait, de vous noyer, ou — d'être étranglée par un os de poulet, ou — pendue, — ou — mordue par un... — mais, arrêtez! Maintenant, j'y pense, il y a une meute de très excellents boule-dogues dans la cour — de beaux garçons, je vous assure! — sauvages, et tout ce que... Enfin vous en aurez pour votre argent. — Ils vous auront mangée, *auriculas* et tout, en moins de cinq minutes (voilà ma montre!) et puis pensez seulement aux sensations! — Ici! dis-je, Tom! — Peter! — Dick! Oh! le vilain! — lâchez ces... »

Mais comme j'étais réellement très pressée, et que je n'avais plus un moment à perdre, je fus contre mon gré forcée de précipiter mon départ, et conséquemment je pris congé aussitôt, — un peu plus brusquement, je l'admets, que la simple politesse ne me l'aurait permis en d'autres cas.

Mon premier soin, après avoir quitté myster Blackwood, fut de me mettre dans quelque difficulté immédiate, selon son avis. Dans ce but, je passai la plus grande partie de la journée à errer dans Édimbourg, cherchant des aventures désespérées, — des aventures adéquates à l'intensité de mes sentiments, et adaptées au vaste caractère de l'article que j'avais l'intention d'écrire. Dans cette excursion, j'étais accompagnée par un domestique nègre, Pompée, et par mon petit chien de manchon, Diana, que j'ai amenée avec moi de Philadelphie. Ce ne fut cependant qu'assez tard dans l'après-midi, que je réussis pleinement dans ma difficile entreprise. Un événement important m'arriva alors, duquel le prochain article Blackwood contiendra la substance et le résultat, dans le ton hétérogène.

TABLE DES MATIÈRES

Typ. et Lith. A. CLAVEL, 9, Cité d'Hauteville.

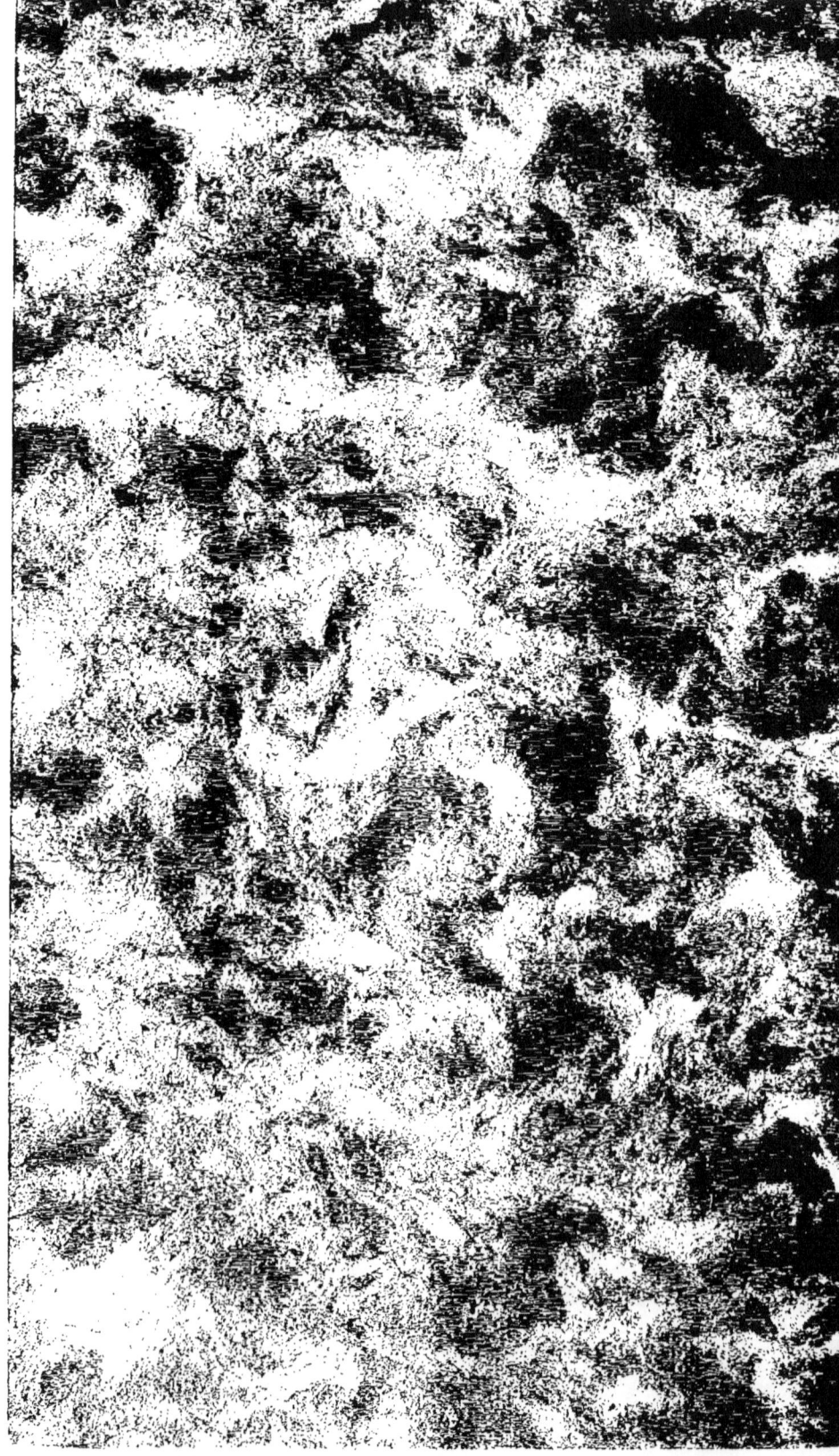